JN151837

後宮の悪妃と呼ばれた女

浅海ユウ

ポプラ文庫ピュアフル

後宮の悪妃と
呼ばれた女

Contents

第一章

毒殺

1.

その昔、世界で一番大きな大陸のおよそ八割の土地を治めていた大国の名を『簫蘭《ショウラン》』といった。

簫蘭の帝都『簫京《ショウケイ》』は、広大な国土のほぼ中央にあり、その皇宮は簫京の中心地に位置した。

皇宮の真ん中には、簫蘭の皇帝、玄玲《ゲンレイ》帝が政を行う正殿《せいでん》がある。だから、この大陸に住む民はこの正殿が世界の中心だと信じて疑わなかった。

その日、正殿前の広大な中庭は、華やかな輿入れ行列であふれていた。

まだ初春とはいえ、風のない昼下がり。

足許に敷き詰められた白い石が陽光を照り返し、上等な絹の下、皮膚が汗ばむ。

カディナは金糸の刺繍で縁取られた深紅の絹織物で身を包み、色鮮やかな美しい緞子《どんす》の帯を締めている。そして、足許まである長い面紗《ベール》をかぶり、口許も同じ絹で隠していた。

これは王女カディナが生まれた国の正装であり、花嫁衣裳《いしょう》だ。しかし、この炎天下で、長時間の着用は拷問以外の何物でもない。

「一体、いつまで待たせるつもりなのか」

列の最後尾で一刻あまり待たされている。

「カディナ様。これから皇帝陛下に拝謁する高貴な姫君は、そのように不満そうな態度は見せぬもの。ましてや不平を漏らすなど、もってのほかです」

従者のカリムが背後から涼しい声でカディナを諫《いさ》める。

久しぶりに再会したカリムの衣服は砂漠を出発した時のそれではなく、すっかり簾京で暮らす武官のような姿になっていた。

彼はカディナよりも一足先に皇宮へ入った。その三月の間に主《あるじ》の入内《じゅだい》準備を進めつつ、皇宮のしきたりや行儀作法を完全に把握するためだ。

それにしても、一体どういう経緯で許されたのか、皇宮では持つ者が限られているはずの刀まで帯びているではないか。

――人たらしめ。

わずか三月の間に、この従者がいかにして皇宮の権力者の懐に入り込んだか目に浮かぶようだ。見るからに厚遇されている。

それなのに、この男は冷遇されている主に向かって、

「カディナ様、最初に申し上げておきます。この皇宮で暮らす者は、下働きの宮女か

ら皇后陛下に至るまで、人前で愚痴や不満は口にしません」

などと苦言を呈する。

返事をする気も失せたカディナは従者の言葉を無視し、「暑くてかなわぬ。せめて椅子と日傘を用意させよ」と、振り返りもせずに命じた。

「今しばらく、ご辛抱ください。どの姫様も、お立ちになったまま、謁見の順番をお待ちになっておられます」

そう言われて見れば、様々な民族衣装に身を包んだ女たちが宮女や宦官、護衛を従え、じっと立っている。

この花嫁行列は皇太子妃を決める秀女《しゅうにゅう》選びのために集められた皇太子妃候補たちの列だ。

未婚の皇太子のために、簫蘭と和平を結んでいる国や支配されている属国から招聘《しょうへい》された妃候補は十名。

そのひとりひとりが多くの従者をひき連れているため、後宮の入口から正殿の中にある謁見の間に入るまでに相当な時間がかかる。

「私はここにいるどの姫や王女よりも長い距離を旅してここまで来たのだ。それなのに、謁見の順番を最後にするというのは、あまりに配慮がない。そう思わぬか？」

すると、カリムは懐から出したクジャクの羽を束ねた扇でカディナの首筋に風を送りながら、淡々と答える。

「カディナ様はここにおわす誰よりも遠い小国から輿入れしてきたからこそ、謁見も一番あとなのです」

侍従の吐く正論にカディナはチッと舌打ちを返し、数カ月前に旅立った故国を思い出す。

砂漠の空気はこの都のそれよりもはるかに熱い。だが、風は乾いており、ラクダで駆ければ肌に心地いい。

よく遊んだオアシスの村々の椰子《やし》の葉陰を思い浮かべ、カリムの扇が送るわずかな風で暑さを凌《しの》いだ。

カディナが生まれ育った国は、この籥蘭から遥か遠く、半島に近い砂漠地帯にある。

その小国の名は『カナール』、籥蘭の言葉では『佳南《カナン》』という。

カナールはちょうど西洋と東洋の文化と血が混ざりあう地域であり、そこに住む民の肌の色は白く、彫りが深い。そして、涼やかな目許をしている。

カディナの父『ガンダール』は砂漠の中に点在するオアシスのある村々の民や、砂漠を旅する遊牧民《ベドウィン》たちを治める首長だった。

この首長ガンダールの第一嫡女として生まれたカディナは、民からの貢ぎ物により豊かで何不自由のない生活をしていた。

だが、邸のある城塞から抜け出しては砂漠でラクダを駆り、遊牧民の子たちと遊ぶような活発な娘だった。その遊びの中で、水が乏しく、サソリや毒蛇と共存せざるを得ない過酷な土地で生きる術を身につけた。

目を瞑ると砂丘に残る風紋が網膜に浮かぶ。

そしてふと、思い出した。拾った木の枝を手に砂丘の上へと駆け上がり、ちゃんばらをした少年の横顔を。

当時、その少年はカディナより背が低く、力も弱かった。

カディナは泣き虫だった少年を叱咤し、容赦なく打ちのめした。それでも、少年はカディナを慕い、泣きながらでもついてきた。自分もカディナのように強くなりたい、と言って。

その甲斐あってか、少年はカディナと一緒に砂丘に上るようになってから二年後には、彼女と対等に戦えるようになっていた。

ところが、彼がカナールにきて三年が経ったある日……。

少年は忽然と村を去った。

何の挨拶もなく、大した価値もなさそうな紫水晶の指輪ひとつだけを残して。

——あんなに可愛がってやったのに。

それは五年以上も前の出来事だ。

が、恩知らずな少年の不義理を昨日のことのように思い出し、不愉快になる。もっと不愉快なのは、憎みながらも、まだ安物の紫水晶の指輪を身につけている自分自身だ。

――いや、忘れよう。

もう何も考えないようにして、カディナは故国とは違う色の日差しに耐えた。

そして……。

「カディナ様。間もなくでございます」

カリムが囁く声で、ハッと目を開ける。既にカディナたちの行列は正殿の中にいた。

――いつの間に。

正殿の前にあったあの長い石段をどうやって上ったのか、覚えていない。

前の輿入れ行列の後ろについて牛の歩みのごとく、ゆっくりと前進しているうちに、うとうとし始めたカディナは、カリムの胸に背中をあずけ、支えられながら前進していたようだ、と気づく。

いつの間に入室していたのか、重厚なしつらえの広間の後方に控え、前の皇太子妃候補が玄玲帝に挨拶する様子を眺める。

どこの国から来た娘だろうか、と色鮮やかな衣装に目を凝らす。長い髪に編み込まれた髪飾りに見覚えがあった。カナールと国境を接する高原に住む騎馬民族の正装だ。

どうやらこの姫君も辺境と呼ばれる土地から、遠路はるばるこの簫蘭までやって来たのだろう。

――ご苦労なことだ。人のことは言えないが……。

同じ境遇の女を憐れんだ時、カリムの指がカディナの背中をつついた。

前の行列が去り、カディナとその従者たちが玉座の下へ進むよう促される。

カディナは片膝をつき、両腕を胸の前で交差させて拝礼した。カナール流の挨拶だ。

「佳南の首長ガンダールの第一嫡女カディナと申します。どうぞ、お見知りおきください」

昨夜《ゆうべ》、カリムに指南された通りの言葉と仕草で首《こうべ》を垂れた。

カリムからは、母国の名はカナールではなく、簫蘭の呼び方である『佳南』と呼ぶこと、ほどよい声量でしずしずと挨拶し、睫毛を伏せ、決して皇帝と皇后の顔を直視しないこともきつく指導されていた。

そうやって足許に視線を落としたまま、皇帝の言葉を待っていると、カディナの頭の上に厳かな声が降ってきた。

「父上と兄上のことは残念であった。朕《ちん》も心を痛めておる」

一年前、カナールは簫蘭の兵に攻め込まれ、首長であるカディナの父と王位継承者に決まっていた兄が連れ去られた。その後、どんなに待ってもふたりがカナールに戻ることはなく、村に『流刑地で処刑された』という噂が流れた。

もちろん、皇帝の命令なく他国に攻め込み、その王と嫡男を害する兵はいないだろう。

――自分で滅ぼしておいてよく言うわ。

私利私欲のために殺した人間の親族に、平然と哀悼の意を述べる人間の顔が見てみたい。好奇心に勝てず、カディナはゆっくりと睫毛を上げ、間もなく大陸のすべてを支配するであろう皇帝の顔を正面から見た。

――ふうん……。

玉座に腰を下ろしている玄玲帝は、贅沢な刺繍《ししゅう》を施した黒い着物の上に、金糸で織った眩い衣を羽織っていた。

視線をさらにひき上げる。滑らかに光る銀髪を冠の中に収め、金の玉《たま》簪《かんざし》で留めた皇帝の顔が見えた。眉と目じりが左右非対称で、ほうれい線が深く、唇が薄い。

――気まぐれで好色、そして冷酷そうな人相をしている。

カディナはいつもの癖で、玄玲帝の顔の相を読んだ。

興味深く国主の顔を眺めるカディナに、玄玲帝は一瞬、たじろぐような顔をした。

それでも構わず、カディナはその視線を隣に座る皇后、羅静思《ラ・シンシ》に移す。

こちらも贅を尽くした深い藍色の衣をまとっている。衣の縁には金の花紋の刺繍が施された入念な仕立てだ。豊かな黒髪には挿せるだけの簪と髪飾り。小指は先細りになった銀の筒、指甲套《しこうとう》で覆われていた。視線を顔にやる。大きな二重が深く内側に切り込む目頭、上がった目じり。細い眉に通った鼻筋。

——これはまた……。なんとも狡猾そうな、かつ残忍そうな人相だ。

皇帝の凶相が皇后の狂相と交わり、邪悪な相乗効果がこの国に波乱を生んでいる。

ふたりの顔の相を目に焼きつけたカディナは深く溜め息をつき、再び顔を伏せた。

失望の表情を隠すために。

2.

奴婢《ぬひ》の泯美《ミンメイ》が下級宮女の寝泊まりする大部屋から抜け出したのは、その日の夜半のことだった。

『皆には内緒で、お前に話がある。他の者たちが寝静まったら、裏庭にくるように』

まだ入宮して間もない宮女に、上役が直々に話をすることは滅多にない。

——尚宮《サングン》様が私に何の御用だろう……。

怪訝に思いながら、裏庭の山査子《さんざし》の木の側で待っていると、どこからともなく現れた黒装束の男たちに囲まれた。

「え？　あ、あの……。わ、私は尚宮様との約束で……」

涙美は何が何だかわからず、必死に自分がここにいる理由を述べようとした。が、黒装束の男のひとりは有無を言わさず、涙美との距離を詰める。あとずさり、石につまずいてよろめいた彼女のみぞおちを、男が拳で殴った。

「ぐっ……」

涙美は生まれて初めて経験する強烈な痛みに悶絶し、息が詰まり、そのまま失神した。

気がつけば、体全体が揺れていた。自分が猿ぐつわを噛《か》まされ、手足を拘束されたまま大柄な男の肩に担がれていることがわかった。

──ここは……。

景色が逆さまに見える。それでも、なんとなく、ここがどのあたりかわかった。後宮の奥には鬱蒼《うっそう》とした竹林があり、その中ほどに底なし沼だと言い伝えのある、誰も近寄らない不気味な池があった。まさにその林の中を、黒装束の男に運ばれている。

悪い予感しかしない。

「う……ううう……っ……」

助けを呼ぼうとした声はくぐもり、ざっ、ざざざ、と落ち葉を踏み鳴らす男たちの足音にかきけされる。

——一体、どこに連れて行かれるのだろう。

「う、ううっ！」

恐怖と絶望に支配されながらも、必死に声を上げ、身をよじる。

「おとなしくしろ！　痛い目にあいたいのか！」

押し殺した声で叱責され、口を噤んだ泯美は、しばらくして乱暴に肩から降ろされた。

そこは池の端にかかる小さな赤い橋の上だった。

——こ、ここは……。宮女たちが噂していた底なし沼では？

ぞっとしながら、横目で橋の向こうに広がる暗い水を凝視する。

「早くしろ」

先ほど、泯美を黙らせた男が、他の男を急かすように言った。指示された男がふたり、橋の上に倒れ込んでいる泯美に迫る。その目には殺意がみなぎっているように見えた。

何とか逃れようと、縛られた手足をやみくもに動かすが、あっと言う間に男たちの手で腕と足首をつかまれる。

「落とせ」

「う……う……」

自分がなぜこんな目にあっているのかもわからないまま、泯美は涙を流し、言葉にならない声で命乞いをした。

が、男たちは容赦なく、泯美の足に何かを結わえ付け、「えいっ！」という掛け声とともに橋の欄干の向こうに広がる池に投げ落とした。

「んん――ッ!!」

足に重しをつけられた体は、澱《よど》んだ水の底に向かってずぶずぶ勢いよく沈んでいく。

――死にたくない！

泯美は恐怖と絶望の中、声にならない呻き声を上げた。

――余暉《ヨキ》！

それは宮廷の中で唯一親しくしてくれる宦官の名前だった。

いつも地味な薄墨色の衣を着ているが、その容姿には夜空の月のように冴え冴えとした美しさと存在感がある。

冗談を言う時にはきまって棒の先に毛糸と麻布がついた拭子《ほっし》を振り、朗らかに笑う。

困った時には相談にのり、辛い時にはいつも一緒にいてくれた。

——余暉！　助けて！

泯美はまだ知り合って三月に満たない宦官の名を心の中で呼び、助けを求めた。親に売られ、後宮ですべての宮女から見下されている彼女には、他に呼ぶ名がなかったから。

——ああ……。一体、どうしてこんなことになってしまったの……。

泯美の頭の中では、後宮に入ることになる前の出来事から現在までの記憶が走馬灯のように蘇っていた。

泯美は簫京から遥か遠い、山の麓《ふもと》にある貧しい村の農家の長女として生まれた。その後、一年おきに男児が生まれ、弟が三人、祖父母もともに暮らしており、八人の家族が部屋がふたつしかない狭い家で暮らしていた。

そんな泯美一家が住んでいた村は、彼女が六歳の時、干ばつによる飢饉《ききん》に見舞われた。泯美の実家は食い詰めて、その年の暮れ、彼女は奴婢として幅広い織物を扱う裕福な商家に売られた。

家を出されるとわかった時は、体中の水分がなくなるのではないかというほど泣いた。親に売られた悲しみと、知らない家に行かされる心細さとで。

だが、それまで田畑ばかりの農村で、来る日も来る日も農作業と家事の手伝いをするだけの生活しか知らない泯美にとって、町の商家での生活は夢のようだった。

朝から晩まで洗濯やら掃除やらと忙しい生活には変わりなかった。とはいえ、食事は三食しっかり出されたし、たまにお使いの駄賃をもらうことができ、生まれて初めて金銭を自由に使える喜びを知った。

商家の旦那様、奥様、そして四人のお嬢様がたは、泯美に用事を言いつける時でさえ、顔を見ることをしない。

年配の使用人から『私たちは少し役に立つ家畜のような存在さ』と教えられた。

働き者だが、地味で目立たない泯美は他の使用人から関心を持たれることもなく、目の敵にされることもない。少し寂しくはあったが、商家は居心地がよかった。

そして、下働きになって十年の月日が経ち、家事も料理も一人前にできるようになった。相変わらず色黒の痩《や》せぎすではあったが、隣町で布を扱う問屋の番頭との縁談もきた。けれど、このまま空気のようにこの大きな商家の片隅でひっそり生きていたい、と本気で願っていた泯美は縁談に気乗りがしなかった。

そんな折、商家の末娘、明玉《メイユウ》が後宮にあがる話が持ち上がった。

後宮は、玄玲帝が政を行い、皇族が住む皇宮の広大な敷地の奥にある。

宦官や僧侶は立ち入ることを許されているが、玄玲帝以外の男性は許可がない限り、足を踏み入れることはできない。

そんな男子禁制の場所に、下働きの宮女まで含めると約一万人の女性がいると言われている。

明玉は町では美人姉妹として有名な商家の四人姉妹の中でも、ひときわ美しかった。色が白く、細く弓なりの眉、すっと切れ上がった涼しげな目じり、笑うとキュッと引き上がる口角。農村では見たこともない美人に、泯美はしばしば見惚れた。

明玉の美貌に目をつけたのは、皇宮の内務府で働く役職者だと聞いた。

商家の姻戚のそのまた知り合いが内務府の役人で、その上役という男が、後宮の人事を差配する要職にあり、現在、玄玲帝から最も寵愛を受けている妃嬪《ひひん》『楚春鈴《ソ・シュンリン》淑妃』を後宮に送り込んだ人物だという。

淑妃は貴妃に次ぐ妃嬪の高位であるが、春鈴はまだ入内して一年足らずであり、異例の出世だと言われている。それほど玄玲帝の寵愛が深いということだ。

玄玲帝の正室である皇后には実子がおらず、男子は側室が産んだ現在の皇太子と、別の側室が産んだもうひとりの親王《しんのう》のみ。

だが、そう遠くないうちに、春鈴は玄玲帝の子を孕《はら》むはずだから、上役は春鈴に替わる若くて美しい宮女を後宮に送り込むつもりらしい、と大番頭が小間使いの女に話していた。内務府の差配役は、自分の息のかかった宮女がひとりでも多く皇帝から寵愛されることで、自分の皇宮内での地位を盤石にできるのだ、と。

確かに、明玉のように美しい娘なら、皇帝の目に留まり、寵愛を受ける日がくる可能性もあるだろう。

氾美が夕餉の支度をしている時、商家の奥様が明玉に言った。

「皇宮へは誰かひとり、うちから下働きを連れて行くといい。淑妃様から何か雑用を言いつけられたら、その者にやらせるんだよ。お前のきれいな手が荒れたら大変だからね」

すると、明玉は箸を動かしながら、「誰でもいいわ」と本当にどうでもいいような返事をした。

「けど、お前より目立つ娘はダメね」

そんな母親の心配を、明玉は鼻で笑った。

「私より目立つ娘なんて、町中を探したっているわけないじゃないの」

「それもそうだ」

母娘は小皿の料理を箸でつつきながら、笑い合っていた。

そんな母娘の会話を聞いた翌日、氾美は明玉について後宮へ上がるよう、命じられた。

後宮に入った女は、二度と生きて皇宮から出ることはできない、と聞いたことがある。

かと言って、奴婢の分際で、お嬢様への付き添いを断ることもできない。

そんなにいい思い出があるわけでもないのに、住み慣れた商家を離れることが不安で仕方がない。

泯美はその晩、涙で枕を濡らした。

決死の覚悟で皇宮の門をくぐった。

入内するとすぐ、明玉とは離され、同じ日に下働きとして雇われた十名ほどの娘たちと一緒に一列に並ばされ、上役らしき尚宮たちの視線にさらされた。

商家では誰にも気に留められることのなかった泯美だったが、後宮に住む人々は全ての女に順位をつけなければ気が済まないような空気があった。

明玉を入内させた内務府の役人から申し送りでもあったのか、泯美は春鈴淑妃の雑用を受け持つよう命じられた。

泯美は見た目も所作も田舎くさい、とあからさまに見下された。何をやっても後回しにされ、そのせいで明玉から『仕事が遅い！』と叱責される日々が続いた。

宮廷は天上の世界のように美しかったが、やっぱり商家にいたかった、そう思わずにはいられなかった。

憂鬱な日々を送っていた泯美に対し、ただひとり優しく接してくれるのは、宦官の余暉だけだった。

『泯美。また、泣いているのか？』

彼の顔や等身は匠が彫る人形のように整っていた。

『これがなくて困っていたんだろう？』

明玉から手に入れてくるように命じられた竜涎香《りゅうぜんこう》がどこにもなく、途方に暮れていると、どこでその話を聞いたのか、余暉が調達して来てくれた。

なぜか、あれこれ世話を焼いてくれ、皇宮内の情報を共有してくれるようになった。

聞けば自分と同じころに宮中へ上がったというが、彼はとにかく物知りだった。

『そういえば、このところ宮中が騒がしいのはどうして？』

こうして、わからないことは何でも余暉に尋ねた。

『まもなく国をあげての秀女選びがあるからだよ』

彼から聞いた話によれば、玄玲帝の嫡男で、今は遠征中の皇太子『紘陽《コウヨウ》』のために国の内外から十人もの美女を迎え、皇太子が帰国したら、その中から一名の正室と数名の側室を選ぶのだという。

十人の妃候補は皇宮の東側の敷地、皇太子の居住域である『東宮』の中にあるそれぞれの寝殿に入り、秀女選びの準備に余念がないと教えてくれたっけ。

——余暉。あんただけが私に優しかった。

とにかく、後宮では目立たないよう、慎重に振る舞うことが長生きするコツだということも、彼から教わった。その忠告にずっと従ってきたのに……。どうして……。

水底に沈んでいきながら、彼の柔和な笑顔を思い出す。

——さよなら、余暉……。短い間だったけど、ありがとう。

涙美は絶望に支配され、今日まで用心深く繋いできた自分の命を諦めた。

3.

カディナは自分の寝台の傍らに膝立ちになって、そこに横たわる宮女の顔を飽きることなく眺めていた。

「素晴らしくよいではないか。カリムが言っていたとおりだな」

思わず、うっとり呟いていた。

その声が鼓膜に届いたのか、じっくり観察していた娘の睫毛が震え、やがて目を開けた。

「こ……ここは……？」

カディナ自らずぶ濡れの衣服を脱がせ、白い寝間着に着替えさせた宮女はトロンとした顔で、寝台の天蓋を見ている。

「ここは雲水殿《うんすいでん》だ」

カディナが自分の住まう寝殿の名を告げると、まだ焦点があっていない虚ろな瞳がぼんやりとこちらを見た。自分が今どのような状況にあるのか、まったくわかっていないようだ。

宮女はじっとカディナの顔を見た後、半信半疑といった様子で呟くように、

「カディナ……様……？」

と言ってから、自分自身の言葉にハッとしたように身を起こした。

「え？　私、どうしてカディナ様のお側に？」

周囲をきょろきょろ見回したあと、掛け布団を払いのけて寝台を飛び降り、平伏した。

「も、申し訳ございません！　私のような者が王女様の御前で眠りこけるなど……。どうか私を罰してください、王女様！」

この宮女が大真面目に困惑していることはわかっている。

だが、カディナは思わず噴き出し、声をたてて笑わずにはいられなかった。

「あははは。そのように恐縮せずともよい」

「で、ですが……」

ひれ伏した背中が震えている。

「お前、名は何というの？」

娘の顔をあげさせたくて尋ねた。だが、彼女は額が床につくほど頭をさげたまま、

「わ、私は泯美と申します。半年ほど前に下働きとして入内いたしました」

と名乗る。

――泯美か……。名前の響きもよいではないか。

うんうん、と頷いた後、カディナは再び口を開いた。

「私がお前に会うのはこれが初めてだと思うが、何故、お前は私の名を知っているのだ？」

「はい。それは……」

泯美は恐る恐る、といった様子でやっと顔をあげ、一度は途切れた言葉を繋いだ。

「あれは、今から半月ほど前のことでございます」

泯美は目を伏せ、静かに話しはじめる。

「あの日、玄玲帝の跡継ぎと見なされている皇太子――紘陽様の妃《きさき》候補である十名の姫君たちが従者たちとともに入宮されました」

泯美はその様子を克明に話した。

「簫蘭と国境を接する国から同盟の証として入内してきた姫君もいれば、簫蘭に征服された辺境の国から服従の証として献上された王族の王女もおられました。大国から嫁いできた姫君の中には数百人の宮女や宦官、護衛の者まで引き連れて来られた方もおられましたから、すべての花嫁行列が皇宮に収まるまでには半日を要しました」

「その様子をずっと見ておったのか？　半日も？　どこから？」

カディナが呆れたように、泯美の話を遮った。

「はい。その日私は、この皇宮の中で一番高い楼閣、仏香閣《ブッコウカク》の掃除を言いつけられましたので、その塔の上からこっそりと」

ああ、あそこか、とカディナは正門の脇にある楼閣を思い浮かべる。中には有名な仏師が作った仏像や曼荼羅《マンダラ》があり、最上階は皇族が祈りを捧げる祠堂《しどう》となっていた。

「なるほど。あそこからなら、行列はよく見えたであろう。得心した。続けよ」

「はい。遠目ではございましたが、花嫁行列は壮麗で、それはもう天上の景色を見ているように美しゅうございました」

その時の様子を思い出すように、泯美は両手の指を組み、目を細める。

「私にとっては疲労と酷暑とで地獄のような時間だったのだが、そなたには天上の景色に見えたわけだな。それで？」

「もっと近くから見たくなった私は、思わず階下に駆け降りて、いけないこととは思いながらも一階の窓から花嫁行列を盗み見てしまったのでございます」

百花繚乱の姫君たちの中でも、数名の従者しか伴っていない、艶やかな深紅の民族衣装を身にまとった王女に目を引かれた、と泯美は語る。遠目にもその美しさがわかった、と。

その姫君が、簫蘭から一番遠い砂漠の国から輿入れしてきたカディナ王女であるということは数日後、余暉という仲のよい宦官から教えられた、と泯美は続けた。

だが、小国である佳南は簫蘭に攻め込まれ、一族は流刑となり、首長と嫡男は処刑された、ともっぱらの噂であることも。

「滅ぼされた佳南から簫蘭への従属の証として輿入れさせられた天涯孤独の憐れなカディナ王女には何の後ろ盾もなく、皇太子妃候補の中で最も地位が低いそうです。しかも、齢《よわい》十九と候補の中で一番の年長であり、十八になったばかりの皇太子殿下の正室にはなり得ないだろう。そう宦官の余暉は申しておりました」

「なるほど。お前の言うことは正しい。しかし、いくら物知りの宦官から聞いた話とはいえ、よく本人を前にして、憐れだの地位が低いだの適齢期を過ぎていて正室にはなり得ないだの言えるものだ」

泯美の言ったことをざっととまとめて嫌みを言うカディナに、泯美はぎょっとしたような顔になって目を見開き、両手で口を押さえて再び平伏した。

「も、申し訳ございません！　私を罰してください、王女様！」

その大仰な態度を見るたびに、カディナは笑いそうになる。

「まあ、よい。お前の話は真実であり、私が後宮の者たちからどう評されているのかよくわかった。たいへん興味深い。続けよ」

「よ、よろしいのですか？　続けても」

泯美はおずおずと顔をあげる。

「良い。見聞きしたままを話せ。で、正室になりそうな有力候補はどこの姫だ？」

「では……。恐れながら申し上げます。聞いた話によりますと、十人の皇太子妃候補の中には皇后陛下であられる静思様の姪にあたる、顧琉璃《コ・ルリ》という后族の姫がおり、本命と目されているとのことでございます」

后族というのは代々、大国の王たちの正室を輩出している名家のことである。

「なるほど。その娘が最上位で私が最下位ということか。私は見くびられておるのだな」

脱力し、自虐的に呟いたカディナだった。

が、泯美は「恐れながら……」と言いにくそうに口を開く。

「宮女たちの噂によりますと、砂漠からきた王女の立ち居振る舞いは立場の弱い者のそれではなかった、と」

「というと？」

　カディナが膝を泯美の方に寄せ、前のめりになる。

「謁見の際、無遠慮に皇帝陛下や皇后陛下の顔を真っすぐに見つめ、ニヤリと笑った、とか……」

「は？　笑った？　笑ってはおらぬ。あのふたりの人相に失望しただけだ」

　失望？　と泯美はオウム返しに呟いて、首を傾げる。

「皇帝と皇后の人相はかつて見たことがないほどの悪相だった。それに引きかえ、お前は本当によい人相をしている」

　カディナがまた泯美の顔を見つめ、陶酔している様子で呟く。

「は？　人相……でございますか？」

「うむ。顔の相のことだ。顔にはその者の性質や内面、これまでの人生が表れる。現在の相で、未来をも占えるのだ。生まれた時には美形でも、身近な者の影響次第で品性が下劣になり、徐々に相が悪くなることもあるのだ。そういう者はきまって、自ら身を亡ぼす。だが、お前の相はすこぶる良い。眉は濃く、瞼が広く、垂れ目。鼻梁はさほど高くなく、鼻の孔は大きめ。唇は……」

　初めて聞く話だったのだろう、最初はうんうん、と興味深そうに聞いていた泯美だったが、突然、両手で顔を覆った。

「お、おやめください！　それ以上、聞きたくありません！　不美人であることは自分自身が一番よく知っております！」

泯美は悲鳴のような声をあげた。

「不美人？　謙遜するでない」

「謙遜などではございません！」

泯美は顔を真っ赤にして怒っている。

「では、謙遜ではないとして。不美人かどうかは見る者が決めることだ。とにかく、私はお前の顔が気に入った。善良で正直者。手元に置けば、福を呼び込む相だ」

カディナは困ったようにうつむいてしまった泯美の顔を覗き込むようにして、ひとしきり眺めた。

「で、お前のように善良な者がなぜ底なし沼に沈められたのだ？」

頬を羞恥の色に染めていた泯美だったが、池に沈められた時の恐怖を思い出したのか、その顔がみるみる色をなくした。

「わかりません……。上役が呼んでいると言われて裏庭に出たところを襲われたのですが、なぜ自分がそんな目にあったのか……」

「身に覚えがないのに、あの池まで運ばれて、投げ入れられたと？」

「はい。誰ぞと間違えられた可能性はありますが」

カディナは「なるほど」とうなずく。

「絶対に助からないと思いました。夜中に底なし沼のある林の中を通りかかる者などいるはずがないと思ったからです。まさか再び目覚めることができようとは……」

泯美が怪訝そうにカディナの顔を見る。

「それは……だな。たまたま皇宮の中を散歩しておったら、水音がしてな。行ってみると池に着物の袖が浮かんでおった。それを従者に引っ張り上げさせたのだ」

皇太子妃候補の王女様が夜中に散歩……。その呟きが耳敏いカディナの鼓膜に届いた。

「夜中に散歩するのは珍しいことか？」

「め、めっそうもございません。王女様がいつどこを散歩されようと自由でございます」

必死に首を振ったあと、泯美は悲しげに目を伏せた。

「それでは、私はこれでおいとまします」

「もう行ってしまうのか？　しばらくここで養生してはどうだ？」

「いいえ。身に覚えはございませんが、万一、本当に私が狙われたのであれば、これ以上ここにいては、カディナ様にまで危険が及ぶやもしれません」

泯美は深々と一礼し、立ち上がろうとした。

「待ちなさい。その恰好のまま外へ出るつもりか？」

「あ……」

ようやく自分が寝間着姿だということに気づいた様子で、宮女は室内を見回す。

「わ、私の着物は？」

「あそこに」

と、カディナが奥の衣桁を指さした。

「だが、まだ乾いておらぬゆえ、この衣を羽織って行くがよい」

カディナが自分の羽織り物を脱いで泯美の肩に掛けてやると、彼女は恐縮するように身を縮め、じっとしていた。

そして、すぐに衣桁《いこう》に干してある自分の着物を丸めて抱えた。

「お借りしたこの衣はすぐにお返しに上がります」

泯美は律儀にそう言って、頭をさげてからカディナの居室を出ていった。

「カリム」

カディナが衝立の向こうに声をかけると、長身の従者が姿を現した。

「何かある。あの善良にして不憫な娘を密かに護衛せよ」

「お任せください」

頷いたカリムはそのまま、カディナの居室をあとにした。

4.

暗闇の中、涙美は窓からさす月の明かりを頼りに、下働きの宮女たちが寝起きする大部屋に戻り、まだ完全には乾ききっていない衣に着替えた。

そして、雑魚寝の宮女たちを踏まないよう慎重に奥へと進み、一番隅の寝床に入った。

自分には分不相応な、カディナが着替えさせてくれたらしい純白の寝間着と絹の羽織りは大切に風呂敷に包み、胸に抱いて目を閉じる。

少し前に自分の身に起きたことが絵空事のように思えたが、思い出すと震えが出るほど恐ろしく、なかなか寝つけなかった。

明け方、他の宮女たちが起床し、身支度をはじめる気配で目覚めた。

いつもは誰よりも先に起きる涙美だが、今朝は寝坊してしまい、大部屋を出るのが一番遅くなった。

彼女の朝一番の仕事は皇族専門の御膳房で受けとった朝餉を、玄玲帝の寵妃である春鈴淑妃の住まい、常陽宮《じょうようきゅう》へ届けることだ。常陽宮は商家から一緒に入内した明玉が仕える所でもある。泯美が届ける朝餉は明玉が毒見し、春鈴淑妃に供される。

その日も泯美は御膳房の中にある妃嬪専用の調理場へ行った。

いつもは御膳房で一番偉い、特級厨房長が泯美の目の前で最後の盛り付けを行うのだが、今日にかぎっては若い厨師が料理を皿に盛っている。

羊肉の羹《あつもの》（煮込み）、青菜と鶏肉の炒めもの、黒もち米を蒸したもの、桂彩魚の焼きもの、種類豊富な漬物、果物など沢山の小皿が漆塗りの桶の中に並べられていく。

その桶を三段重ねた容器を受け取り、常陽宮の裏口に運んだ。

なぜかその日に限って、取り次ぎの門番がおらず、常陽宮の敷地の中や寝殿の回廊は人が走り回っていた。

――いつもと様子が違う。

ちょうど裏口を通りかかった年配の宦官を呼び止め、恐る恐る声をかけた。

「あの……。春鈴様の朝餉をお持ちしたのですが……」

すると、泯美を一瞥した宦官が苦い顔になって、「春鈴様は今朝がた、みまかられた」と小声で早口に言い、常陽宮の敷地を出ていった。

――みまかられた……とは……。亡くなった……ということ？

宦官の言葉がすぐには理解できず、意味を呑み込むのに時間がかかった。

なぜなら、昨夜、夕餉を届けた時、春鈴淑妃は宮女たちとともに庭のツツジを眺めて、笑いさざめいていたからだ。

——具合がお悪い様子など微塵もなかったのに……。

あの美しい淑妃がもうこの世にいないとは、にわかには信じ難かった。

だが、喪を告げる特別な鐘がゴーン、ゴーン、と後宮の空に響きはじめ、宦官の話が真実なのだと思い知らされる。

泯美は春鈴淑妃のために運んできた膳をどうしていいかわからず、裏門に立ち尽くしていた。明玉には用事を言いつけられる時だけ呼びだされ、いつもこの門で会っていた。明玉からの指示を受けるためには、ここで待つしかない。

しばらくすると、憔悴しきった様子の明玉が建物から出てきた。寝殿から出る時は履物をはこうとしてよろめき、敷地を歩く時には何度もつまずいていた。

入内してからは一日に数回、顔を合わせるだけだが、明玉は日に日に美しく洗練されていくように思えた。しかし今、敷地を横切ってこちらに向かってくる様子はひどく老け込み、急に容貌が衰えたように見える。

いぶかしく思いながら、ぼんやり明玉を見ていると、その視線に気づいたかのように彼女がこちらに顔を向けた。

「お嬢様」

商家にいた時からずっとそう呼んでいる。昨日もそう呼んだ。それなのに、今朝の明玉は泯美を見て、大きな目を更に大きく見開いた。

「み、泯……美……。お前……どうして……」

その顔には亡霊にでも遭遇したかのような、怯えが見える。

「お嬢様……あの……」

朝餉をどうしたらよいのか聞こうと思い、泯美が近寄ろうとすると、明玉はたじろぐように後ずさる。

「あの……」

明玉の様子がおかしい。心配して更に近くへ行こうとしたが、彼女はヒッと悲鳴のような声をあげ、先ほど出てきた寝殿に駆け込んでしまった。

――死人でも見るような顔だった。どうして……あんな目で私を……。

明玉の反応を怪訝に思っていると、門の外から男の声が聞こえてきた。

「ご遺体の様子からして、毒殺に違いない、と検死した法医が言っておる」

毒殺。その言葉にぎょっとして声がする方を見た。

皇宮の中で起こった事件を調べる刑部衛士の制服を着た男が、春鈴妃嬪の側仕えの尚宮と話している。

「間もなく陛下がお見えになるゆえ、どういう状況で春鈴様がお亡くなりになったのか、お伝えせねばならん。説明せい」

「それが……。春鈴様は夕餉をお召し上がりになった時には、これといって変わったところはございませんでした。側仕えの明玉が銀の箸を使って毒見もしておりますし……」

初老の尚宮は身を震わせながら答えている。今にも泣き出しそうな声で、自分に落ち度がないことを必死に説明していた。

「では、そのあとは何も口にされておらんのだな？」

衛士が鋭い口調で確認する。

「はい。何も……。あ、でも。もし、淑妃が夕餉からお休みになる前に何か召し上がるとすれば……」

尚宮が何かを思い出すように首を傾げた後、答えた。

「ヒチラぐらいかと」

ヒチラとは菓子の一種だ。淑妃が好んだヒチラは麦粉に水あめと擦りゴマを混ぜあわせ、中心に餡を入れたものだった。

「淑妃はことのほかヒチラを好まれ、定期的に厨房から取り寄せておられました」

――そう言えば……。

数日前、特級厨房長がヒチラを作っているのを見た。

春鈴淑妃の菓子箱に詰めていたので親切心から、『夕餉と一緒に届けましょうか？』と聞くと、『あとで明玉に渡すことになっている』と拒まれた記憶がある。

だが、淑妃の口に入る物は全て明玉が毒見をしている。あの菓子も例外ではないはず。菓子は箱や鉢に盛られた中のひとつを選び、毒見役が食べてみるのが決まりだ。

――たまたま、明玉が食べた菓子に毒が入ってなかったとしたら？

泯美は膳をその場に置いて、御膳房へと急いだ。いつも泯美を冷たくあしらう特級厨房長を問い詰める勇気もないままに。

だが、見習いの若い厨師から告げられたのは意外な事実だった。

「特級厨房長は、今朝がたみまかられた。部屋の鴨居に紐をかけて」

「え？　特級厨房長も亡くなられたんですか？　しかも、自死なさったということですか？」

見習いは春鈴淑妃の訃報に接していないらしく、きょとんとしている。

「は？　他にも誰かみまかられたのか？」

「……。あ、いえ……」

口ごもる泯美に、見習い厨師は怪訝そうに首をひねりながら御膳房の奥へと入っていった。

泯美は頭の中で見聞きした事実を整理した。

春鈴淑妃の夕餉とヒチラは明玉が毒見をしている。が、亡くなった時刻からして、どうやら食事ではなく、毒見をすり抜けた菓子の中に毒が仕込まれていたと思われる。

そして、その菓子を作った特級厨房長が自死した。

得体の知れない恐怖に襲われ、茫然とした時、先ほど常陽宮の近くで尚宮と話していた衛士が数名の兵を連れてやってきた。

「お前が御膳房から常陽宮まで食べ物を運んでおる泯美か？」

「は……はい」

わけがわからないまま返事をした途端、兵に囲まれた。兵たちの睨むような目を見て、自分が疑われているのだとわかった。

「わ、私は何もしていません……！　御膳房で作ったものを運んでいるだけなんです！」

「申し開きは刑部で聞く。連れていけ」

衛士が部下たちに命じ、泯美は引きずられるようにして御膳房から遠ざけられた。

「待って！　ほんとに何も知りません！　本当です！」

泣いても叫んでも聞いてもらえないまま、泯美は牢に入れられた。

固い角材で囲まれた監房の中から「私はやっていません！」と何度叫んでも、自分の声が空しく響くだけ。

――嘘……。どうしてこんなことに……。

朝でも薄暗い牢に敷き詰められた藁の上で膝を抱え、ひとしきり泣いた。そして、二刻ほど経って、ようやく落ち着きを取り戻した。

――淑妃は本当に特級厨房長に毒殺されたのだろうか。けど、御膳房の管理者がどうして……。

特級厨房長に淑妃を殺す理由があるとは思えない。だとすると、誰かの罠にはめられたのか、誰かに命じられたのか……。

想像を巡らせていた時、足音が近づいてくるのに気づいた。

「お、お嬢様……」

木の柵の向こうに立っていたのは明玉だった。

いつもは自分を歯牙にもかけない明玉だったが、さすがにこの状況を心配して来てくれたのだろう。泯美はすがりつくような思いで、自分と彼女を隔てている柵に駆け寄った。

「お嬢様！　私は何もしていません！　信じてください！」

無実を訴えた泯美を見て微かに笑んだ後、明玉は冷たく言い放った。

「泯美……。死んでおくれ」

「え……」

思いもよらない命令に言葉を失い、泯美はただ暗がりに立つ娘の整ったほの白い顔を見上げていた。

「玄玲帝は寵愛していた淑妃が毒殺されたことに怒り狂っておられる。誰かが責任をとらなければ収まらない」

「そ、その責任をとって特級厨房長が自死されたのでは……」

泯美の推測を明玉は冷ややかに笑った。

「毒を仕込んだのが厨房長だとしても、それを運んだ者、毒見した者も責任に問われる」

「でも、私は三度の食事しか運んだことがありません。ヒチラを春鈴様のお部屋に持ち込んだのは……別の誰かです」

さすがに明玉が持ち込んだのではないか、とは言いにくかった。

「何にせよ、すべての食べ物の毒見をなさる責任はお嬢様にあるのではないですか？」

明玉は唇の両端を引くようにして、ふふっと笑った。

「毒見の私を通さず、お前がこっそり春鈴様にお渡ししたんでしょ？」

泯美は震えながらぶるぶると顔を振った。

「そんなこと、しません！」

だが、そんな反応などわかっていたというように、明玉は眉ひとつ動かさない。

「真実など、どうでもいい」

明玉が涙美の言葉を遮った。

「どうせ、明日になれば、お前は自分がやったと白状するまで拷問される。白状すれば、極刑に処される。そんな苦しい思いをするよりも、今日のうちにこの甘い毒を飲んで、ひと思いに死んだ方がマシだと思わない？」

明玉が手にしていた小瓶を軽く揺すった。瓶の中の液体らしきものが、ちゃぷと音を立てる。

「毒……。なぜ、私が死ななくてはならないのでしょうか……」

涙美は震えながら聞いた。

「私の両親に十年も世話になっておいて、理由がわからないの？」

つまり、明玉が毒見を怠ったことを自分のせいにしようとしているのだ、と涙美は直感した。

「まさか……私を池に沈めようとしたのも……明玉様……なのですか？　春鈴淑妃の死の責任を免れるために？」

恐る恐る尋ねる涙美を見て、明玉は紅を乗せた美しい唇をゆがめるようにして冷たく笑った。

「今度こそ、確実に死んでちょうだい」

そう言って、明玉は柵の隙間から牢の中に小瓶を差し入れて、その場を去った。

ひとり、暗い牢に残された涙美は理不尽な絶望感に打ちのめされた。自分を買った商家一族のため、涙美なりに尽くしてきたつもりだった。特に、年の近い明玉に対しては親近感と憧れを持って細やかに接した。皇宮にあがってからは手足となって働いたつもりだ。

けれど、自分は彼女にとって、身代わりになって虫けらのごとく、呆気なく、殺される人身御供に過ぎなかった。

――自死するか……拷問されて処刑されるか……。

入内してまだ半年。これまで涙美が尋問や拷問される者を見る機会はなかった。だが、人づてにその恐ろしさは聞いたことがある。真偽にかかわらず、苦しみのあまり処刑されることがわかっていながら白状してしまうのだ、と。

もしかしたら、特級厨房長も、責任を追及されることを恐れて自死したのかも知れない。あの豪胆そうに見えた特級厨房長が首をくくるほうを選ぶぐらいだから、拷問はきっと、想像以上の苦痛に違いない。

――私が耐えられるはずがない……。

ぞっとした涙美は、思わず明玉が残していった白磁の小瓶に手を伸ばしていた。だが、手に取ったものの、すぐに蓋をとって飲み干す気にはなれない。ただ、握りしめた。

――死にたくない。

自分を手放した両親、年老いた祖父母、幼い三人の弟たち。彼らの姿が、十年前の有り様のまま、まぶたに浮かぶ。

思えば、十年間、一度も実家に帰る機会は与えられなかった。親が商家を訪ねてくることもなかった。寂しかった。けれど、奴婢として売られるというのは、そういうことなのだろう、と家族のことは思い出さないようにしてきた。それなのに、今になって家族に会いたくて仕方がない。

「うう……うぅ……お母さん……母さん……」

抱えた膝に額を押し当てて泣きながら、母の顔を思い浮かべようとしたが、長く会っていない顔はうまく思い出せない。仔細に思い出そうとすればするほど、その輪郭がぼやけていく。

――別れた時、まだ幼かった弟たちももう、私のことなんて覚えてないだろう。

ここで自分が死んでも誰も悲しむ者などいないのだ。そう思うと自分が道の石ころみたいにとるにたらない存在のように思える。

——あと何刻か生き延びたところで仕方ない。

泯美は握りしめている小瓶を見つめた。

明玉は『甘い毒』と言っていた。

——たとえ甘い味の薬でも、息絶える時は苦しむんだろうな。息が止まるのだから。

それでも、拷問された後、処刑されるよりは楽に違いない。

時が経てば経つほど、迷えば迷うほど、明玉への恨みと、この世への未練が募るような気がした。

——いや、もう諦めよう。考えても辛いだけ……。

泯美は小瓶の蓋をとり、毒薬を一気に飲み干すために呼吸を整えた。

だが、なかなか決心がつかない。ただただ涙が溢れて止まらない。

「泯美」

不意に名を呼ばれ、ハッとして視線を瓶から牢の外へ移す。

「よ、余暉……?」

さっきは明玉が立っていた場所に、今度は薄墨色の衣をまとった宦官がいる。いつもの柔和な笑みを浮かべ、じっと牢の中の泯美を見ていた。

泯美は声を押し殺し、唯一、自分に親しく接してくれる宦官に聞いた。

「余暉。どうやって入ってきたの？　早く出ていって。見張りの兵に見られたら、あんたも疑われるから」

「大丈夫。見張りの兵は私の差し入れた昼餉を食べて眠り込んでいる」

「まさか……」

眠り薬を仕込んだ食事を食べさせたということなのだろうか。

「と、とにかく、もう行ってちょうだい。余暉には迷惑をかけたくないの。もう家族の顔も忘れちゃったけど、親切にしてくれたあんたのきれいな顔だけはあの世に行っても忘れないから」

早口で言いながらボロボロ涙がこぼれるのを止められない。

涙でぼやける視界の中で、不意に余暉は中腰になった。真面目な顔をして、鍵をがちゃがちゃいわせた後、いとも簡単に扉を開け、更にかがんで牢の中に入ってくる。

「え？　な、な、なんで？」

啞然としながら余暉を見上げる泯美に、

「とにかく早くこれに着替えて」

と、余暉が懐から出した宦官の着物を藁の上に置く。

「着替えるって……な、なにをするつもりなの？」

「脱獄」

「だ、脱獄？」

思いもよらない答えに、余暉の言った言葉をそのまま返す。

「余暉。私のことは本当にもういいから……」

一刻も早く余暉をここから追い出そうとする泯美の唇の前に、余暉は人差し指を立て、「しっ」と彼女を黙らせる。

「早く逃げてくれないと私まで捕まってしまうじゃないか」

「そ、そんな……」

余暉がひどい目にあうことは望まない。

慌てて着物をつかみ、今、着ている罪人の白装束の紐を解く。余暉は少し慌てた様子で泯美に背を向け、彼女の着替えを待っていた。

——私は本当に、ここで死ななくていいのだろうか。

余暉が着ているものと同じ薄墨色の衣をまとい、彼に手を引かれて牢を出た。

入口では門番たちがだらしなく眠りこけている。薄暗い建物から出た瞬間、午後の太陽に照らされ、思わず、顔を伏せた。

泯美は外へ出てもなお、明玉から渡された毒を捨てることができず、握りしめていた。

——この薬は、一度も私を蔑むことなく、命がけで死地から救ってくれたこの宦官のためだけに使おう。

そう心に決めた。

5.

「また会えた」

カディナは寝殿の庭に敷き詰められた玉砂利の上をゆっくりと歩き、隅にうずくまっている泯美に声をかけた。吉相に恵まれた宮女と再会できた喜びで、自然と心がはずむ。

何か考えごとでもしていたのか、カディナの近寄る気配に気づかなかったらしい。声をかけてようやくハッとしたように顔をあげた。

――この顔を見ると、不思議なほど幸せな気持ちになれる。

カディナは自分の口許が緩むのを感じた。だが、泯美の瞳には怯えのような色が見てとれる。なるべく優しい声音を心がけながらたずねた。

「今日はそのような恰好をして、いかがした？　顔色も悪いが」

「カ、カディナ様……」

彼女は辺りを見回し、声を潜めるような微かな声で、

「も、申し訳ありません。余暉が……知り合いの宦官がここで待て、と。彼が迎えにくるまで、あと少しだけ、この場所をお貸しくださいませ」

と頭をさげる。

「それは構わぬが……。ここで待つより、中で待ってはどう?」

「めっそうもございません!」

涙美は悲鳴のような声をあげて辞退する。

「だが、ここは誰か入ってきたら、すぐに見つかるであろう」

「で、ですが……」

涙美は逡巡するように瞳を揺らす。

「その様子だと、ここでお前が誰かに見とがめられたら、私にも累が及ぶのであろう? だが、寝殿の中ならば誰も入って来られぬ」

そう言うと涙美は慌てた様子で立ち上がり、カディナに従った。その間も警戒するように辺りをきょろきょろ見回している。その小動物のような動作に、カディナは思わず笑いだしそうになるのをこらえた。

涙美を寝殿に招き入れるとすぐ、カディナは扉をしっかりと閉じ、「そこでくつろぐがよい」と彼女を柔らかい敷物の上に座らせた。

「それで、何があったのだ?」

カディナが自ら白湯を湯呑に入れ、低い螺鈿《らでん》の円卓の上に置く。

「お、恐れいります」

震える手で湯呑をとり、恐る恐る白湯をひと口飲んだ泯美は、少しだけ落ち着きを取り戻した様子で口を開いた。

「私は……。私は……春鈴様殺しの濡れ衣を着せられたようなのです。私にそのような恐ろしいことができるはずもございません。それでもきっと、拷問をうければ、ありもしないことを白状してしまうでしょう」

「それで？　どうするつもりなの？」

詰め寄るように尋ねられ、泯美は一瞬たじろぐような顔をしながらも続けた。

「それで……。知り合いの宦官に助けられ、牢を出てここまで来てしまいましたが、その恩人に迷惑がかかることは望みません。私はただ、誰かに真実を聞いてほしかったのです。なので余暉が来たら、私の知る全てを話して無実をうったえてから、彼に迷惑がかからないよう毒を飲むつもりです……」

覚悟を決めたように言いながらもその語尾は震えている。

「死ぬつもりなら無実をうったえても仕方なかろう」

あきれ果てながら言ったせいか、泯美は怯えるようにカディナを見た。

「それでも……、余暉にだけは話しておきたかったんです。私はやってないと……。

誰かひとりでも信じてくれたら、罪人として死んでも成仏できるような気がして……」

「ばかばかしい」

カディナは泯美の必死のうったえを一笑にふし、はき捨てるように言った。

「死んだら終わり。成仏も地獄行きもない」

「え？」

泯美は目を丸くした。死後の世界などない、と言い切る人間を見たのは初めてだと言いたげな顔だ。

「一度きりの生を大切にせよ。生きて無実を証明すればよいだけのこと」

「でも……」

口ごもる泯美にカディナが確認した。

「濡れ衣なのであろう？」

「それは……そうですが……。私のような下賤の者が何を言ったところで誰も信じてくれないでしょう。この皇宮で、私の言うことを信じてくれる者がいるとしたら余暉ぐらいかと……」

「私はお前を信じている」

「え？」

驚いたように睫毛を跳ね上げた泯美の目から、ぽろぽろと大粒の涙がこぼれ落ちた。

「本当に……本当に……信じてくださるのですか？」

「信じる。けど、それが、そんなに泣くようなこと？」

「この皇宮にあがってから今まで、余暉以外に私の言うことに取り合ってくれる者はいませんでした。ましてや王女様のように尊いお方が、この状況で私を信じてくださるなんて……」

「私はお前の人相を信じておるのだ」

「人相……」

人となりではなく、顔の相を信じる、と言われた泯美はぽかんとしていた。

カディナは立ち上がって幅の広い椅子に腰を下ろしてから、泯美に命じた。

「お前の言うことは全て信じるゆえ、知っていることを全て述べなさい」

そう言われ、泯美はこれまで自分に降りかかった出来事と見聞きした内容を順に話しはじめた。

「男たちに私をさらわせて底なし沼に投げ込ませたのは、どうやら明玉お嬢様のようです。たぶん、自殺したと見せかけて、私に春鈴淑妃を殺めた濡れ衣を着せるためだったのでしょう」

「死人に口なし、か」

ふうん、とカディナは頬杖をついて考えをめぐらせた。

「だが、入内したばかりの側仕えに、皇宮の中で複数の男たちを動かすことができようか……」

皇宮の中で皇帝以外の人間が武装した者たちを動かすことはできない。それ自体が罪であり、下手をすれば謀反を疑われるからだ。

「明玉お嬢様が春鈴淑妃に毒を盛った理由はわかりませんが、お嬢様は捕まって牢に入れられた私を訪ねてきて、拷問されたくなければ毒を飲め、と言いました。今度こそ、死んでおくれ、と」

「つまり、お前を殺そうとしたことは間違いないのね」

「はい。ただ、お嬢様に春鈴淑妃を殺す理由があるとは思えません」

怯えながらも、なかなか冷静に推理する娘だ。人相学的にもその広い額と好奇心を宿す目の光が示すように、勉学の機会さえあれば学者にでもなれたかも知れない。

「後宮において、上昇志向のあるおなごには全員が敵に見えるという。寵愛を受けている者を妬むことはあるかも知れない。だが、一介の宮女にしては、手口が大胆すぎる」

「そうですよね……」

泯美は呟いて黙り込む。

「調べてみぬか？　真相を」

「調べる？　誰がですか？」

　ぽかんとした顔で聞き返す涙美を、カディナは自分の顎でさし示した。

「え？　私？」

　びっくりしたように顔の前で手を振る涙美は慌てた様子で言った。

「私は牢にいなければならない罪人です。今ごろ衛士たちが血眼になって捜し回っているはず……。そんな私に何ができましょうか」

「ふふ。それはそうだが、追われているはずの人間が堂々と外を歩き回っているとは誰も思うまい」

「そ、それはそう……ですが……」

　涙美は自信なさそうに、おどおどと語尾を濁す。

「この皇宮には数万の人間がおる。暗くなってからその恰好で動けば、お前とはわかるまい。お前は濡れ衣を晴らしたいとは思わないの？」

「それはもちろん、晴らしたいですが……」

　肩を落とし、うじうじと衣の膝のあたりを撫でている。

「古より、虎穴に入らずんば虎子を得ず、と言うではないか」

　背中を押したつもりだったが、涙美はついに黙り込んでしまった。迷っているのだろう、伏せた睫毛の下で瞳が揺れている。自分のために命懸けで何かに挑んだことがないのかも知れない。

が、やがて泯美は震える手で湯呑をつかみ、中の白湯を一気に飲み干した。

「わかりました。探ってみます。そして、自分の手で自分の濡れ衣を晴らしてみせます」

「よく言った」

カディナが膝を叩くと、泯美は白湯を飲んだ勢いのまま立ち上がり、居室を出ていこうとする。

「待て。暗くなってから、と言ったであろう」

「あ……。はい……」

泯美は再びその場に座り込んだ。どこかホッとした様子で。

「悪党は夜動く。暗くなってから動くがよい。護衛をつけるゆえ安心せよ」

「わ、わかりました」

「夜までここで眠りなさい。牢に入れられてからずっと寝ておらぬのでしょう?」

カディナの言葉を素直に聞き入れた泯美は、糸が切れたようにそのまま敷物の上に横になった。

「ここではなく、私の寝台を使ってよい……」

そう声をかけようとした時、涙美はもう床で寝息をたてていた。

「気丈に振る舞ってはいたけれど、疲労困憊していたのね」

カディナは自分の羽織りを涙美の体にかけてやり、優しく前髪を撫でた。

「カリム」

呼べば、どこからともなく、カディナの護衛が姿を現す。

「相手が誰であろうと、この娘に指一本触れさせないように」

彼は「はっ」と小さくうなずき、そこを離れた。

6.

涙美が目覚めた時、居室の中は薄暗くなり、部屋の隅に置かれた燭台の蠟燭《ろうそく》の炎が周囲をぼんやりと照らしていた。

遠くで鐘の音が聞こえる。暮れ六つの鐘、酉の刻（十七時ごろ）を知らせる鐘だ。

のろのろと起き上がり、カディナの姿を捜したが、居室の中には見当たらない。

――こうしてはいられない、探らなければ。自分の無実を証明するために。私を信じてくださる王女様のためにも。

泯美はいつの間にか脱げていた宦官の帽子をかぶり、用心深く寝殿から庭へ降りた。

見れば、暗がりに、泯美と同じ薄墨色の衣をまとった者がふたり立っている。ひとりが枯れ枝で地面を引っ掻いて何かを描き、もうひとりはしゃがんで地面を見ていた。

「余暉？」

地面に図のようなものを描いているのは余暉だった。もうひとりの正体はわからないが、余暉がここで一緒にいるということは敵ではないだろう。そう判断し、泯美はふたりの側へと歩み寄った。

「余暉。ごめんなさい。庭で待つように言われてたのに、私、ずっとこの寝殿の中で眠り込んでいて……」

謝ると、しゃがんでいた宦官が立ち上がった。ほっそりとしていて、余暉より少し小柄だ。

「やっと起きたか」

その声と、泯美に微笑みかける美しい顔には見覚えがある。

「カ、カディナ様!?」

思わず大声を出してしまった泯美に、ふたりが同時に「しっ！」と唇の前に指を立てる。

「も、申し訳ありません。でも、どうしてカディナ様が……」

「護衛をつけると言ったであろう？」

「……」

つまり、王女と余暉は自分と一緒に春鈴淑妃毒殺の真相を探るつもりなのだ。王女とは思えぬ大胆さに言葉を失った。

「今、春鈴淑妃の住まいにどうやって忍び込むかを思案していたのだ」

どうやら、余暉が枯れ枝で地面に描いていたのは、淑妃の居所である常陽宮の見取り図らしい。

今度は余暉が泯美に聞いた。

「お前はいつもここに淑妃の食事を運んでいたな？　夜、常陽宮の警備が手薄な出入口はわかるか？」

尋ねられ、あらためて地面の見取り図を見下ろす。

「間もなく門番の交代があります。それ以降の夜間は、正面以外の番はひとりないしふたり程度に減らされます」

「なるほど。つまり、西と北の門は手薄ということであるな」

カディナが指先で地面を撫で、ふたつの門を円で囲う。平気で尊い指先を汚す姫君を初めて見た。

「あ、でも西側の通りは夜伽《よとぎ》に向かわれる皇帝陛下の一団が通られることがあります」

ああ、あの……。と呟いてカディナは口許をゆがめる。玄玲帝の顔を思い出したように。

――やっぱり、笑ってる。余暉から聞いた通りだ。

簫蘭の皇帝に対する畏怖も敬意も感じられない。泯美はカディナの不遜な表情にぞっとした。

――この王女は他の皇太子妃候補たちとは何かが違う。

初めて会った時にはそこまで観察する余裕はなかった。が、今夜は違和感を覚えた。泯美は時折、他の姫君や王女を見かけることがある。彼女たちが皇宮内を通る時には、地位の低い宮女や宦官は脇へよけて道を譲りつつ、上目遣いにその様子を観察する。別の世界に住む天女を見るような憧れを持って。

彼女たちは、顔や衣はもちろん、毛髪の一本一本、爪、靴に至るまで神経を行き届かせて自分自身を飾り立てていた。皇帝や皇后に気に入られ、皇太子妃に選ばれるために。

だが、目の前の王女は宦官の恰好をし、土を指でひっかき、嬉々として春鈴淑妃毒殺の真相を暴こうとしている。――理解しがたい。

「王女様。どうして私のような者の濡れ衣を晴らすために、こんなにお力添えくださるのですか?」

「面白いから」

地面から顔をあげ、即答したその瞳はきらきらと輝いている。

「は?　面白い?」

「物事の真実を知るのは面白いことではないか」

「真実……ですか……」

カディナの言う「真実」に危険を冒すほどの値打ちがあるとは思えず、いぶかるように呟いていた。

「砂漠の民は言葉を信じぬ。ましてや噂など鵜呑みにすることはない。信じるのは先人の教えと、己が目で見た真実のみ。砂漠でまがいものの流言に惑わされることはすなわち死を意味するからだ」

しかし、ここは砂漠ではなく、皇宮だ。皇宮では噂ひとつが命とりになる。王女の言動に危うさを覚えながら、泯美はあいまいに「はあ」と返事をした。

他の皇太子妃候補は春鈴淑妃の死を恐ろしいと怯えることはあっても、その真相を暴くことなど思いもよらないだろう。

首をかしげる泯美をよそに、カディナが「では、参ろう」と余暉に目配せをし、ふたりは小さくうなずきあった。どちらも、はやる気持ちを抑えるような目をしている。

足早に歩きはじめたふたりのあとを追いながら、カディナと余暉が以前からの知り合いであるかのように息が合っていることを不思議に思った。が、考えごとをしてぼんやりしていると置いていかれそうになる。そこからは雑念を捨て、ひたすらふたりの後ろ姿を追った。


気がつくと、塀や門扉が白い布で飾られた春鈴淑妃の邸、常陽宮の北門に来ていた。中では通夜が営まれているようだ。

「ほんとに入るのですか？」

声を押し殺してたずねる涙美はカディナに腕をつかまれ、そのまま敷地の中にひっぱりこまれていた。

「ここでしばらく邸の中の様子をうかがいましょう」

余暉が声を潜めて提案する。

読経が漏れ聞こえる中、三人は塀の下の暗がりにしゃがんで邸内を見守った。

じっとしている涙美にカディナが小声で聞いた。

「涙美。明玉は御膳房から運ばれてくる食べ物はすべて銀箸を使って毒見をしていたのだな」

「はい。その銀箸は皇后静思様が『春鈴淑妃の身に万一のことがあってはいけない』

と直々に恵贈されたものだ、とお嬢様が言っておられました」

カディナは「ふうん」とうなずいたあとで、ふっと笑った。

「そのように思いやりのある親切そうな人相はしていなかったがな……」

また嘲笑うような顔をしている。その恐れを知らぬ言動に、泯美は思わず、聞いている者はいないかと周囲を警戒する。が、カディナは泯美の心配をよそに呟く。

「明玉と皇后には面識があるということだな……」

彼女が呟きながら腕組みをしたその時、余暉が小声でささやくように言った。

「出てきました。あれが明玉です」

いつの間に明玉の顔を覚えたのか、余暉が言った通り、泯美に濡れ衣を着せた張本人が周囲をきょろきょろと見回しながら、表門から敷地の外へ出ていくところだ。

中ではまだ通夜が続いているはずなのに、と泯美は首をかしげる。

「こんな夜更けにどこへ行くのでしょうか」

だが、カディナはその行き先に心あたりがある様子で、「どこへ行くかはだいたい想像がつくが、つけてみよう」と泯美に向かって微笑んだ。

カディナが嬉々として明玉を追いはじめる。余暉も彼女に続き、泯美も遅れまいと足を速めた。

自分が仕える者の喪中を示す明玉の白い衣を月光が照らしている。

わき目もふらず後宮の奥へ奥へと進む宮女を、満月のおかげで見失うことなく追うことができた。

「ここは……」

気づけば、巨大な建物の前に来ていた。皇帝の寝殿や執務殿に勝るとも劣らない、皇宮でも有数の絢爛《けんらん》豪華な建物は、皇后羅静思の寝殿である『歓富殿《かんふでん》』だ。

――どうして明玉が皇后様の居所に……。

不思議に思う泯美をしりめに、カディナが「やはりな」と呟く。余暉もこの寝殿に来ることを予想していたのか、懐から歓富殿の文字がしたためられた図面のようなものを取り出し、地面に広げた。

「この南側の扉が入りやすそうです」

指さす余暉にカディナがうなずく。

――まさか、忍び込むの？　皇后の寝殿に？

泯美がたじろぐ間に、ふたりは素早く南の方角へ歩き出した。気づけばもう、ふたりは寝殿の扉の両側に張りつき、中の様子をうかがっている。

泯美は邪魔にならないよう、余暉の隣に立って息を殺した。

扉の向こうからは人の気配が感じられなかったのだろう、余暉が扉を押し、先に中へと侵入した。続いてカディナが入り、泯美もおっかなびっくりあとに続く。

寝殿の内部は真っ暗だった。

先を歩くふたりの足音と手さぐりとで必死に奥へと進んでいくと、前方にぼんやりとした光が見えてきた。明かりがともされている奥の広間と通路とは薄い布で仕切られており、光はにじむようにぼんやりと見える。

「それで、まだお前の宮女は見つからぬのか？」

誰のものかはわからない、冷たく問い詰める声がした。

「も、申し訳ございません。いずれにしても皇宮を出ることはできないはず。明るくなれば見つかりましょう」

明らかに明玉の声だ。明玉が誰と話しているのかはわからない。が『捜している宮女』が自分のことだということだけはわかった。

「何をゆうちょうなことを。まだ宮女を見つけておらぬのに、ここへ何をしに来たのだ」

「げ……現状のご報告に……」

その声だけで、商家では何事にも動じなかった明玉が、怯え切っているのがわかる。

「犯人に仕立てるはずの者を取り逃がした言い訳をしに来たのであろう？」

「そ、それは……」

明玉が声を詰まらせた時、カディナが手をのばし、視界を遮っている布を脇へよせた。

涙美は皇后だけが着ることを許されている白金の織り物の裾を見て息を呑んだ。

「お前は自分がどれほど重大な失態を犯したかわかっておらぬようだな」

皇后の声がじりじりと明玉を追い詰める。

「お許しください……！　ど、どうか……お許しを……」

明玉がこれまで聞いたことがないような切羽詰まった声を出す。布の向こうで何が起きているのかはわからないが、明玉の萎縮しきった声を聞いただけで涙美は震え上がった。

皇后の冷たい声は続いた。

「お前の宮女は食事を運ぶうち、垣間見た春鈴の美貌と贅沢な生活を妬んで毒を盛った。その筋書きはお前が考えたものであろう？」

「は、はい……」

「それなのに、その者を逃がしてどうするつもりなのだ？」

「も、申し訳ございません！　どうか、どうか、お慈悲を……ぎ、ぎゃあああああっ！」

寝殿に響き渡る明玉の悲鳴を聞いて、涙美は全身が凍りついたような気がした。

完全に人払いをしているのだろう。皇后自ら、何らかの罰を下したようだ。

「よいか。娘を見つけて始末するまで、二度とここへ顔を出すでない。私の命令は絶対だとわかっておるな？」

「……肝に銘じます」

返事をしながらも、明玉は「はあはあ」と息を乱している。

鞭で打つ音も殴打するような音もしなかった。なのに、明玉は悲鳴をあげた。いったい何をされたのか、想像するのも恐ろしい。

「明日中に宮女を見つけることができなければ、お前が犯人として遺書を残して自害せよ。よいな。万が一にも、私に疑惑の目が向けられるようなことがあってはならぬ」

「必ずや！　必ずや泯美を見つけ出して始末いたします！」

叫ぶように言った明玉が立ち上がる気配がして、泯美はさらに身を縮めた。

その時、皇后がふと思い出したように「それから」と続けた。

「アレもお前が処分せよ。証拠は何ひとつ残さぬように」

その命令の直後、かちゃん、と何かが床に落ちる音が響く。

「人目につかぬよう深夜、亥の刻に出立して片付けよ」

皇后の指示に明玉は「ははっ」と返事をし、広間から遠ざかる足音が聞こえた。

――つまり、春鈴淑妃を殺《あや》めるよう指示したのは皇后様ということなの？

涙美はただ茫然とし、息をすることも忘れていた。

「おおかたの察しはついていたが……」

と、カディナが呟くように言う。

「子供のいない皇后にとって、玄玲帝の寵愛を受ける春鈴淑妃の存在は脅威だったのであろう。殺めたいほどに」

驚いた様子もなく、ひとりごとのように静かな口調だった。すると、それに答えるように余暉が、

「そういえば、前の皇后は静思皇后の台頭で寵愛を失い、廃位に追い込まれたそうです」

と、低い声で言う。今度は自分が同じ目にあうかも知れないと考え、不安の芽を摘んだのだろうか。余暉も皇后が淑妃を亡き者にしたと確信しているようだ。

皇后が明玉を使って自分の立場を脅かす寵妃を葬り去り、その罪を厨房長と自分になすりつけようとしているのだ、と理解した。

「次はどうしますか？」

余暉がカディナに尋ねる声で、涙美はようやく呼吸を取り戻した気分だった。

「まずは毒を特定しよう。常陽宮に戻って、明玉が使っていたという銀箸が本当に銀製かどうかを確認しなければ。あとは淑妃が食べたというヒチラの欠片でも残ってい

ればよいのだが」

明玉の悲鳴と自分に対する殺害予告を聞いたことで、泯美の気力は萎えてしまった。

「やはり、私はどこかへ隠れていた方がよいのでは……」

だが、泯美とは対照的に真実に近づきつつあるカディナは生き生きとしている。

「何を怖気づいておるのだ。お前の無実を証明するのに、じっとしていてどうする」

さあ、とカディナに手首をつかまれ、泯美は皇后の邸から連れ出された。

泯美は自分を叱咤し、必死に走るしかなかった。

やがて、いつも膳を届けている常陽宮の門が見えてきた。

皇后の寝殿から遠ざかったことと、見慣れた景色が近づいてきたことで、少しだけ落ち着きを取り戻すことができた。

三人が春鈴淑妃の居所である常陽宮の南門に着いた時には、春鈴淑妃の遺体を運ぶ葬列が出たあとだった。後宮の慣例により、妃嬪の遺体は清密院《せいみついん》に移され、仕えていた者たちと僧により、葬礼の儀が行われる。

つまり、主を失った寝殿は今夜、無人だ。

「泯美、お前は中に入ったことがあるか？」

門の前で余暉が振り返った。

「あります。明玉お嬢様がお疲れの時は、私が春鈴淑妃様のお部屋まで食事を運びました。毒見はかならずお嬢様がしておられましたけど」

「そうか。では、銀箸が置かれている場所はわかるな？」

「はい。覚えています」

よし、と余暉がうなずく。

今夜の彼はいつもの穏やかな空気をまとった宦官の顔とは違い、別人のように凛《りん》とした表情をしている。頼もしさは感じるものの、空に浮かぶ月のように、どこか冷たく冴え冴えとして近寄りがたい。

「では、入ろう」

嬉々として皇后の悪事を暴こうとしているカディナも得体が知れないところがあり、泯美には理解できない。ただ、今、この窮地から自分を救ってくれるのはこのふたりしかいないとわかっていた。

泯美はもう何も考えないようにして、ふたりに遅れまいと足を速めた。


誰もいない真っ暗な寝殿の中を、蠟燭の明かりを頼りに、春鈴淑妃が食事をしていた部屋を目指す。

「この奥です、淑妃がいつも食事をとられていたのは。それから、銀箸は……」

泯美は明玉が毒見をしていた場所を思い出した。食卓が置かれている部屋の隅だ。

「ここ！　これです！」

棚に置かれた塗りの盆の上に銀の箸と匙《さじ》がならべておいてある。だが、指さすのが精いっぱいで手をのばすことすらできなかった。

「泯美。お前、明玉から渡されたという毒をまだ持っておるな？」

「は、はい。ここに……」

泯美が懐に入れていた小瓶を渡すと、カディナは恐れる様子もなく栓を抜いて、棚の上に置いた。そして、箸を一本つまみ上げ、小瓶の中に差し入れる。しばらく間をおいて瓶から抜いた箸の先端は黒く変色していた。

やっぱり毒なのだ。お嬢様は私を殺そうとしたのだ。わかっていたことなのに、悲しみが込み上げる。

「銀箸は本物のようだな」

カディナは呟きながら、今度は小瓶を持ち上げ、匙の上に数滴の毒を垂らした。こちらもみるみる黒ずんでいく。

自分がこんな危険なものを持ち歩いていたのだと改めて認識し、泯美は今更ながら肝を冷やす。

余暉はまじまじと黒ずんだ箸の先端を眺め、首をかしげた。

「ヒチラに入っていた毒は銀に反応しないものだったんでしょうか」

「その可能性は高い。銀に反応するヒ素ならば、じわじわ弱るはず。だが、淑妃は前の晩まで元気だったとか」

カディナも腕組みをして思案顔で首をひねる。

亡くなる前日の夕刻、淑妃が庭を眺めて笑いさざめいているのを涙美も見ていた。

「涙美、春鈴が食べたヒチラはどこかに残っておらぬか？」

そう尋ねられた涙美は記憶を手繰りよせる。

「食べ残しは淑妃のものから宮女のものまで、すべて集めて御膳房に戻されます。他の宮や寝殿のものも同様に」

「御膳房か……」

「行ってみましょう。御膳房の朝は早いゆえ、あと数刻で人の出入りが始まります。すぐに参りましょう」

余暉が急かした。

たしかに。皇帝をはじめ皇宮で働くすべての者の胃袋を満たすため、厨師たちは夜明け前から仕込みをはじめる。逆に夕餉のあとの撤収は早い。

案の定、御膳房の入口には数名の警備兵が立っているだけだった。出入口以外の場所は更に手薄だ。

カディナは御膳房を囲む長い塀に沿って慎重に歩きながら、不意にふわりと飛んだ。何の前触れもなく途中でしゃがみ込んだ余暉の背中を踏み台にして。

そして、塀の上にしゃがんだまま、唖然としている涙美に手をのばす。

「はやく」

おろおろしている涙美に、カディナと余暉が同時にうながした。

「え、えっと……ごめん！　余暉」

慌てて余暉を踏み台にし、カディナの手を握り、引っ張り上げられた。

「あ、わ……」

狭い塀の上で体勢を崩しかける涙美の体をささえ、彼女の体をかかえるようにしてカディナが御膳房の敷地内に飛び降りた。それとほぼ同時に余暉が軽々と塀を飛び越えて着地する。

余暉のことを、温厚で人がいい宦官だと認識していた涙美は彼の身の軽さに驚かされた。

だが、ぼんやりしている暇はない。

「私、仕分けされた残飯袋の行き先を知ってます。こっちです」

これまではふたりの後ろをついて歩くだけだったが、御膳房の中だけは彼らよりも熟知している。

「急ぎましょう。夜明け前には家畜小屋の者が残飯をとりにきます」

黒衣のふたりがうなずき、涺美のあとにつづいた。

「たぶん、ヒチラのような甘い菓子の類いのかすはこのあたりに」

御膳房の中に入った時の記憶をたよりに積み上げられている麻袋をよりわける。

「見習いの厨師が、虫が入らないように目のこまかい布を二重にして大きな硝子《ガラス》鉢の中に入れて……ああ！　これです！」

ふたりは無言のまま、その場で袋を開き、中を漁りはじめる。その様は飢えた子供たちのようだった。

「王女様。おやめください。王女様がそのようなこと……」

残飯で手が汚れることもいとわないカディナを涺美が諫めようとした時、彼女が小さく声をあげた。

「あった！　ヒチラとはこれであろう？」

カディナが目をかがやかせて薄茶色の小さな菓子を涺美の目の前に突き出す。

「そ、そうです！」

涺美がみとめると、カディナは同じ菓子を更にふたつ捜し出し、

「では、持ち帰ろう」

と、余暉が差し出した白い手巾の上にみっつのヒチラをのせた。

　ふたたびカディナの居所にもどった三人は、寝殿の中の明かりの下で手巾の上のヒチラを見つめていた。

「やはり銀には反応しませんね。何の毒でしょうか」

　余暉が銀の針を刺してみて首をかしげる。

「崩してみよう」

　そう言って、カディナがヒチラをひとつつまみ上げ、無造作にちぎった。涙美もひとつを手にとり、半分に割って色々な角度からながめる。

「これといって変わったところはありませんね。何も入ってないいんじゃないですか？」

　案外、毒など入っておらず、食べられるのではないか、と思ったりした。これまで一度も食べたことのない宮廷の菓子はとても魅力的だ。

「そういえば……」

　涙美はふと思い出し、呟いた。

「ヒチラなどの珍しい菓子の食べ残しは宮女たちが争って食べるのに……。残飯として捨ててしまうこともあるなんて……」

　残飯になってもこんなに美味しそうなのに、と涙美は首をかしげる。

「いや、宮中の菓子は貴重なもの。ふつうなら争って食べるに違いない。つまり、これは他の者の口に入らぬよう、意図して捨てられたということだ。だが、見る限り不審な点が見当たらぬ」

三人同じように首をひねった時、泯美はちぎられたヒチラの中に黒い糸のような異物を見つけた。

「あれ？　これって……虫……の脚……でしょうか？」

「うん？　どれだ？」

これです、と泯美が菓子を蠟燭の火にかざして見せる。

「蟻《あり》にしては太いですね……。何だろう……」

昆虫の脚の一部のように見えるものを引っ張り出そうとした時、カディナが叫んだ。

「触るでない！」

「え？」

カディナの剣幕に驚き、泯美は思わずヒチラを手から落とす。

「甲虫の中には、人を死に至らしめる毒虫もいるのだ」

「毒虫……」

それからカディナと余暉は鉄の箸を使ってヒチラを分解し、虫の欠片らしきものをいくつか集めた。小さな頭のような部分も見つかり、カディナは確信を得たように断言した。

「やはり、ツチハンミョウだ」

「ツチ……ハンミョウ……ですか？」

聞きなれない名前を涙美がオウム返しに呟くと、余暉が説明した。

「ツチハンミョウという甲虫には少量で人を死に至らしめる毒があるのだ。完全体はこんな感じかな」

余暉がその虫の絵を描いて涙美に見せる。六本の長い脚と二本の触覚を持ち、胴の長い蟻のような甲虫だ。

——き、気持ち悪い……。

毒虫だと聞いたせいか、余暉が描いた虫の絵は不気味に見えた。

「明玉の背後には皇后がいる。だから、明玉は皇宮の中で男たちを動かしたり、毒虫を手に入れたりできたのだ」

カディナが淡々と説明する。

「やはり皇后は、皇帝の寵愛を受け続けている淑妃の懐妊を恐れていたのかも知れませんね」

余暉の言葉に涙美も納得した。そして、明玉の背後にいる、途方もない権力を持つ黒幕に暗然とした。

――やっぱり私は、この簫蘭の国母である皇后に命を狙われてるの？

絶望的な気持ちになる泯美をよそに、余暉は皿の端に集められた虫の欠片を箸で突きながら口を開く。

「しかし、こんな虫の破片だけでは『泯美が毒を盛ったのではない』という証拠にならないのではないでしょうか」

泯美から希望を奪うような鋭い発言をする余暉は、これまで優しく穏やかに寄り添ってくれていた笑顔の宦官とは別人のようだ。

「そんな……」

泣きそうになる泯美の肩を余暉がぽんぽんと慰めるように叩く。

「私が皇宮内でツチハンミョウを入手する方法を探してきます。利尿を促す薬も作れる虫ゆえ、内院の薬師《くすし》もどこかから手に入れているはず。明玉が入手した流れを突き止められるやもしれません」

カディナが「うむ」とうなずいた。

――たぶん、余暉がしようとしていることは、バレれば命が危ういだろう。なぜなら、背後に皇后がいるのだから。

「私も出かけてくる」

不意にカディナが立ち上がる。

「え？　王女様も？　一体、どちらへ？」

一緒に菓子の中から虫の破片を見つけるのだろうと思い込んでいた。

「明玉を探ってくる」

余暉だけでなく、カディナまでもが危険を冒してまで自分の無実を証明する手がかりを探そうとしている。自分だけ安全な場所にいては申し訳ないような気がした。

「では、私も……」

「お前にはお前の仕事がある」

「え？　私は何をすれば……」

カディナが顎でヒチラを指した。

「何匹の虫を使ったのかはわからぬが、潰し方が雑だ。このヒチラの中から虫の欠片を集めよ。余暉が描いたツチハンミョウの絵と同じものを作れるぐらいまで」

泯美は皿の上にある虫の欠片とツチハンミョウの絵を見比べた。

「え？　この破片を集めて……ですか？」

想像するだけで気が遠くなりそうな作業を命じられた。

「わかりました。それもやりますから、危険な任務もお命じください」

自分だけ安全な場所にいることにうしろめたさを感じて申し出た泯美に、カディナはさらりと言った。

「はっきり言う。お前は少々、動きがにぶい。足手まといだ」

「……」

思わず絶句していた。一緒に常陽宮や歓富殿に忍び込んだ時の様子から判断されたのだろう。

たしかに自分には余暉やカディナのような俊敏さはないかもしれない。だが、皇太子妃候補の王女が、密偵のごとく塀を越えたり、皇后の住まいに忍び込んだりできることの方がおかしいのではないだろうか。

泯美がいぶかっているうちに、カディナの姿は消えていた。

7.

亥の刻を告げる鐘の音が皇宮の空に響く。

その時、カディナは常陽宮の屋根の上から寝殿の様子を見守っていた。

やはり、常陽宮は暗く静まり返っている。

鐘が鳴りやんだ時、明玉が常陽宮から外へ出てきた。人目につかないようにするためか、黒い布を頭巾のようにかぶっている。

──さて。皇后のお使いで、どこへお出かけなのか。

地面に降りたカディナは明玉のあとをつけた。それはこれまで知らなかった道で、門番の守る場所をひとつも通ることなく、皇宮の奥にある百花園《ひゃっかえん》の前にたどり着く。

──こんな抜け道があったとは。

入宮して以来、カディナは皇宮内をくまなく散策し、全ての道と建物の配置を頭に入れているつもりだった。

百花園は皇帝が前の皇后のために造らせた庭園であり、その広い敷地の中で数千種類の植物が育てられている。その存在は知っていたが、特別な行事に招かれた者と庭師以外が立ち入ることはできない。

その百花園の入口にある茂みに潜んで盗み見ていると、明玉が懐から銀色に光る鍵のようなものを出して、扉の南京錠に差し込んだように見えた。

──皇后から渡されたのはあの鍵か……。

かちゃん、と床で音をたてたものの正体がわかった。

「カディナ様」

不意に余暉の声がした。

「内院の方はどうであった？」

「この百花園の一角に内院が虫を育てている小屋があるそうです。そこから利尿をうながす薬を作る時にツチハンミョウを調達していることがわかりました」

余暉はその情報を得て、ここへ来たらしい。

ふたりで明玉の様子を見ていると、彼女は開錠した百花園の扉を押し、ギイ、と入口が音をたてた。その手には白い包帯が巻かれている。

「行こう」

カディナは鍵が開いたままの扉から、庭園の中に忍び込んだ。

庭園の中ほどにある硝子張りの温室へと、わき目もふらず進んでいく明玉の後ろ姿が見える。たしか、百花園の温室の中では受粉のためのハナバチを飼っていると聞いたことがある。ツチハンミョウはハナバチ類の巣に寄生する特異な習性を持っている。

――あそこで虫を飼っているのだろうか……。

明玉が温室に入ってしばらくしてから、突然火の手があがった。

「しまった。証拠の虫が焼かれる」

カディナが声をあげたのと同時に、明玉が燃えはじめた温室から飛び出してきた。

「余暉。逃がすな！」

余暉が明玉を追いはじめたのを確認したあと、カディナは燃えさかる小屋に飛び込んだ。

8.

涙美がツチハンミョウの破片を集め、ほぼ一匹分になった時、ようやくカディナと余暉が雲水殿に戻ってきた。

涙美を驚かせたのはカディナの顔や手が煤《すす》だらけだったことだ。

「カディナ様……何というお姿に……」

彼女の王女らしからぬ有り様に呆れたが、カディナはどこか誇らしげな顔をしている。

カディナのあとから入ってきた余暉は大きな麻袋を肩にかついでいた。

「余暉。それは何？」

たずねると、彼は意味ありげに笑い、「お前の濡れ衣を晴らす証拠だよ」と答える。

「そんなに大きな証拠が必要なの？」

このふたりには驚かされることばかりだ。首をかしげる涙美に、カディナが「ツチハンミョウは形になったか？」とたずねる。

「はい、このように」

涙美が小皿の上に横たわった甲虫を見せる。

「上出来だ」

カディナに褒められると自然と口許が緩むのを感じる。

「ですが、不思議なことに、みっつのヒチラのうちふたつには甲虫の欠片が混ざっていたのですが、ひとつには全く入っていませんでした」

そう報告すると、カディナは嬉しそうに笑った。

「なるほど。これで証拠は揃った」

「え？　そうなんですか？」

「証拠が揃ったので、これから皇后に謁見する」

「こ、こんな夜中にですか？」

まだ夜明け前だ。

「皇后が他の者に知られたくない話をしにいくのだ。皆が寝静まっている時間の方がよい。これは私なりの配慮だ」

地位の低い皇太子妃候補が皇后に対し、そんな無礼が許されるのだろうか、と泯美は身が縮む。

「泯美。お前はその甲虫の形を崩さないよう捧げもって、一緒に来るのだ」

さっきは連れていくことを拒んだカディナが、皇后に会うこの局面で一緒に来いという。泯美はぶるぶると首を振った。

皇后は自分を始末するために明玉に捜させていた。鴨が葱《ねぎ》を背負って来る、とはまさにこのことだろう。

「私がのこのこ皇后陛下の前に現れたら、瞬時に殺されてしまいます」

「そうはさせぬ」

「でも……」

「お前がこの皇宮で堂々と働けるようにするために行くのだ」

優しく微笑みながらそう言われても、まだ半信半疑だった。

――けれど、一度はあきらめた命だ。

涙美はふたりを信じることに決めた。

「王女様。そのままのお姿では見下されます」

涙美は湯を沸かしてカディナの顔の煤を落とし、参内用の美しい衣に着替えるのを手伝った。

一緒に寝殿を出た余暉は、外から持ち帰った布袋を肩にかついでいる。

歓富殿へ向かう途中、その袋がもぞもぞと動いたような気がして、涙美は声をあげそうになるのをこらえた。

あとひとつ角を曲がれば歓富殿に続く道へ出る。そこまで来て、ようやく余暉が肩から袋を下ろした。

「う……ううう……」

しばっていた袋の口を開くと、中から猿ぐつわを噛まされ、手足を縛られた明玉が出てきた。

──まさか、さらってきたの？

地面に降ろされた明玉は、底なし沼に投げ込まれた時の泯美と同じ恰好だ。あの時の泯美と違うのは顔を隠すような頭巾をかぶっていること。

カディナが明玉に顔を近づけ、これまで見たことがないような形相ですごんだ。

「殺されたくなければ、皇后の寝所に案内せよ」

口をふさがれている明玉は、哀願するような顔で何度もうなずく。

従順そうな様子を見て、余暉が明玉の自由をうばっている縄を解き、猿ぐつわをはずした。その瞬間、かはっ、と咳ともため息ともつかない声をもらした明玉が、よろよろと立ち上がり「こちらへ……」と消え入りそうな声で言った。何もかも諦めたように生気のない顔をしている。そして、まるで魂が抜けた者のような足どりで歓富殿の正門へ向かった。

入口を守るふたりの門番は、深夜に訪れた四人組に怪訝そうな顔をした。

「皇后陛下のつかいで百花園に行っていました」

が、そう言って明玉が皇宮内の通行証を提示すると、門番の表情がみるみる変わる。

「失礼しました！　どうぞ。お通りください」

重厚な扉が開かれ、四人とも顔を伏せて静かに中へと進んだ。だが、先頭を歩く明玉の体は小刻みに震えている。泯美を殺すまでは顔を見せるな、と言われているのだから当然かもしれない。

寝殿にあがる石段の手前で明玉が泯美を振り返った。

「泯美。毒を返してちょうだい」

頭巾をかぶっていても、色を失った唇と蒼白の顎が見える。

「どうして……」

「どうせ殺される。楽に死にたいの」

その怯えた様子を見るだけで、皇后の残忍さが伝わってくる。

毒入りの小瓶は今も懐に入っていた。だが、目の前で明玉が自害するのを見るのは恐ろしくて、渡せなかった。

「今は持ってない。カディナ様の寝殿に置いてきてしまったの」

そう答えると明玉は悲しげに「そう……」と全てを諦めたように呟いた。

皇后の居室には明かりがともっていた。控えの間で座り込む明玉と余暉を残し、カディナが泯美の手を引く。

　誰かが明玉の来訪を知らせたのか、皇后はすでに宝座に腰を下ろしていた。明玉が泯美を仕留めたという朗報を持ってきたのだと思っていたのだろう。皇后はカディナの姿を見た途端、顔色を変え、控えている者たちに、手ぶりで人払いを命じた。

「お前は……」

「皇太子の秀女選びのため、カナールから入内したカディナでございます」

　王女は両手を胸の前で交差させ、拝礼した。

「覚えておる。だが、なぜ、その王女がここにおるのだ」

　皇后が詰問するような口調でカディナにたずねる。その低い声を聞いただけで、泯美の足は震えはじめた。

「実はおかしなものを見つけましたので、ご報告を、と思い参じました」

「おかしなもの？」

　皇后から冷ややかに聞き返されても、カディナが動じる様子はなかった。

「これです」

　カディナが差し出した小皿を、どこからともなく現れた宮女がうばい取り、うやうやしく皇后に手渡す。

　皿の中を見た皇后は眉をひそめた。

「菓子？」

皇后が怪訝そうにたずねる。しかも、その菓子はぐちゃぐちゃにちぎられて原形を留めていないことは泯美が一番よく知っている。

「見ていただきたいのは皿の端の甲虫です」

そこにはヒチラに混入されていた甲虫の破片を集め、ほぼツチハンミョウの形になった物体がある。泯美の涙ぐましい努力の成果だ。

「春鈴淑妃があたったのはヒ素でもトリカブトでも鴆毒《ちんどく》でもないことがわかりました」

カディナは皇后の前にいるとは思えない堂々とした態度で、宝座の前を行ったり来たりしながら説明する。

「淑妃を死にいたらしめたのは、この菓子に混ぜられたツチハンミョウだったのです」

「ふん。ツチハンミョウでも何でもよいが、なぜ毒入りの菓子が春鈴の口に入ったのだ？」

嘲笑うように聞かれ、カディナは平然と答えた。

「毒見役をやっていた宮女、明玉は器に盛られた数個の菓子の内から、何らかの方法で毒の入っていないものを選んで毒見をしたのでしょう。実際、捨てられていたヒチラのうち一個にはツチハンミョウが混入されていなかった。小さな印ひとつでもあれば、毒入りとそうでないものを見分けることができるでしょう」

カディナの推理にも、皇后は眉ひとつ動かさなかった。

「淑妃の側仕えが寵愛を妬んでヒチラに毒を仕込んで殺した。そういうことであろう？　私には関係ない。それなのに、こんな夜中に乗り込んできて、なぜそんな話を聞かせるのだ？」

抑揚のない口調で問われ、カディナは溜め息をついた。その恐れを知らない態度に泯美は冷や汗が止まらない。

「では、これは誰のものですか？」

カディナはしらを切る皇后に、今度は懐から出した鍵をつまみ上げて見せた。

ようやく皇后の顔色が変わる。

「これは百花園の入口の鍵です。これを持つことを許されているのは皇帝陛下と皇后陛下のみ。庭師でさえも、皇帝陛下の許可なく立ち入ることはできない。しかし、これをもっていたのは明玉でした。明玉に渡したのは皇后様では？」

皇后は黙っている。だが、怒りを抑えるような表情をして唇を震わせていた。

カディナは落ち着いた様子で控えの間の方へ声をかけた。

「余暉。こちらへ」

現れた余暉は右手で明玉の腕を引き、もう一方の手で虫かごをもっていた。

皇后の前に引き出された明玉はその場に崩れ、「申し訳ございません！」と悲鳴のような声をあげた。

カディナは続けた。

「この虫かごは百花園の温室の中で見つけたものです。中には数匹のツチハンミョウが入っていました。誰かが飼育していたらしいのですが……」

「知らぬ！　ツチハンミョウなど、見たこともないわ！」

怒鳴る皇后に、カディナはゆっくりと近づき、「そう断言されるのであれば、お手をお見せください」と迫る。

「ぶ、無礼な！　な、なぜ私がお前ごときに……」

顔を背け、ぎゅっと握りしめている皇后の右手をとった。そして、固く握り込んでいる手を力ずくで開かせる。

「う！　無礼者！」

皇后の叱責に、泯美は思わずその場にしゃがみ込み、耳を塞ぐ。だが、カディナの声には動じた様子がない。

「皇后様はツチハンミョウをご存じのはずです。この手のひらの火傷がその証拠です」

泯美が恐る恐る目をあげると、皇后の真っ白な手のひらに、うっすらと赤く甲虫の形が残っている。

間髪を容れず、余暉がずっと明玉がかぶっていた頭巾をとった。

「あっ！」

その顔を見て、泯美は思わず声をあげた。明玉の頬にはくっきりと、皇后の手のひらに残るツチハンミョウの形と同じ火傷の痕がある。

泯美の耳に、昨夜聞いた明玉の悲鳴がよみがえった。

――あれは皇后様がお嬢様の顔にツチハンミョウを押しつけた時の悲鳴だったんだ……。

泯美は立ち上がれないまま、明玉の美しい顔に入れ墨のように残る火傷を見つめた。

明玉が指に巻いている包帯も、ツチハンミョウに触れた時に負った火傷なのかも知れない。

「これでも身に覚えがないとおっしゃるのであれば、百花園の鍵を持つもうひとりのお方に確認するしかないのですが……」

カディナは暗に、玄玲帝に春鈴淑妃毒殺の真相を告げる、と脅している。

皇后の頬がぴくぴくひき攣《つ》るように小刻みに動いていた。

「何が望みだ。皇太子妃の座か？」

ようやく観念した様子で悔しげに尋ねる皇后を見て、カディナは両方の口角を引き上げるようにして笑った。

「その件はどうぞお気遣いなく。それよりも、どうかこの泯美をわたくしに下賜してくださいませ。それ以外は望みません」

泯美は皇后と同時に「は？」と間の抜けた声をあげてしまった。

「わたくしはこの者がほしくてたまらないのです」

真剣に訴えるカディナを見て、皇后は瞬時に「わかった。下賜する」と畳みかけるように答えた。そんなものでよいのか、と言わんばかりに。

「ご聖恩に感謝いたします」

カディナが皇后に拝礼する。そして、泯美を立ち上がらせ、そのまま余暉を伴って皇后の居室を出ようとした。長居は無用とばかりに。

が、皇后の声が、

「ただし」

と、引き止める。

「その娘も連れていけ」

皇后が明玉を顎でさし示す。カディナは一瞬、困ったような表情をして明玉の顔を眺めたが、「仰せのままに」と鷹揚に微笑んだ。

こうして、泯美と明玉はともにカディナの住まいである雲水殿にもどった。

部屋と食事、そして真新しい着替えまで与えられたにもかかわらず、明玉は恨むような目でカディナを睨んでいる。

「もし、里にさがりたければそのように手回ししてもよいが」

そんなカディナの恩情にも首をふり、明玉は頰の火傷を手で隠したまま、あたえられた自室に入っていった。何か魂胆がありそうな横顔に見えた。

泯美は生まれてから一度も袖を通したことがないほど上質な絹の衣に着替えて、カディナと余暉のためにお茶を用意した。

「王女様。どうして皇后様に望みを聞かれた時、皇太子妃の座をお望みにならなかったのですか？」

湯吞を円卓に置きながらたずねてみた。

「お前の人相はそんな地位より何倍も価値がある」

「は？　そんなわけないじゃないですか。冗談も休み休みになさいませ。全く……。皇太子妃になれる最初で最後の機会だったというのに」

そう言ってしまってから、自分の失言に気づき、ハッと口を押さえる。

「まあ、そうであろうな。私は皇太子妃候補の最下位なのだからな」

カディナは自虐的な笑みを浮かべている。

「も、申し訳ございません！　罰してください、王女様！」

「もう、罰してください、は聞き飽きた。それに、謝らずともよい。本当のことだ。余暉もそう言っていたのであろう？」

涙美にカディナの情報を教えた余暉は、悪びれた様子もなく円卓に肘をついてお茶を飲んでいる。その態度にも違和感を覚えた。

「余暉。あんた、ここにいる時は、外で会うときより伸び伸びしているように見えるのだけど」

「そうかな？」

飄々《ひょうひょう》と笑っている。その目許がどことなくカディナに似ている気がした。

「涙美。ひとつ言っておく」

不意にカディナが前置きをしてから、つづけた。

「私は皇太子妃になりたくてここに来たのではない」

「え？」

意外な言葉に驚かされた。皇太子妃候補の中に皇太子妃にならなくてもよいと考えている女性などいるはずがない、と思い込んでいたからだ。

「では何のために……」

たずねると、カディナは美味しそうにお茶をひと口飲んでから、ゆっくりと答えた。

「生き残っている私の家族の所在を明らかにし、場合によっては皇太子を討つためだ」

「討つ……？　皇太子殿下を？」

一瞬、カディナの言っている言葉の意味が理解できなかった。が、その眼は冷たい炎を宿しているように見える。

——本気で言っているのだ……。

泯美は言葉を失い、黙り込んだ。


翌日には、カディナに関する黒い噂が皇宮内に流れはじめていた。

春鈴淑妃殺害の容疑者だった泯美と、百花園の一部を燃やした疑いのある明玉のふたりはカディナの側仕えであり、春鈴淑妃の毒殺を指示したのはカディナにちがいない、と。

それともうひとつ。

カディナは皇太子に父と兄を殺された恨みをもっているという噂だ。

昨夜の話を明玉に聞かれたのだ。それを覚《さと》った時、明玉はまだ皇后に仕えていると直感し、泯美は怯えた。

——皇宮ではつまらぬ噂が命取りになる……。

第二章

謀殺

1.

春鈴淑妃の死からひと月が経った。

泯美はカディナの素っ気なくも懐が深いところに惹かれ、彼女のために命がけで働こうと決心していた。

カディナは砂漠や草原での暮らしや子供のころのことを泯美に話すようになった。

砂漠で生きるためには知恵が必要であること。カナールは交易が盛んで、色々な人間が入り交じる土地柄であるため、観相は一族に伝えられる大切な学問であること。

両親や恩師からだけでなく、砂漠の民から様々な知識や生きる術を学んだことなど。

相手が奴婢だからと侮ることなく、何でも率直に話すカディナに仕えるうち、ますますその人柄に惹かれた。

しかし、ツチハンミョウの一件以来、皇后から目の敵にされているカディナは、皇帝すら畏れぬ危険な悪妃である、と噂されるようになっている。

それは、本人の耳にも届いていた。

もはや、誰もカディナを皇太子妃候補とはみなしていない。

しかしカディナは悪い噂を流されたり、皇太子妃候補と見なされないことを気にする様子もない。どうやら明玉が雲水殿で見聞きしたことに尾ひれをつけ、皇后に伝えているらしいこともわかっている。それでも、平然としていた。

「明玉に暇をとらせてはどうですか？」

カディナの言動が皇后に筒抜けであることを、泯美はずっと案じている。

「放っておけばいい」

「でも……」

「あの娘は根っからの悪人ではない」

カディナはそう断言した。自分に敵意を持ち、あらぬ噂を吹聴している相手のことを。

「また観相学ですか？」

泯美は呆れたが、カディナはあっけらかんと笑って「そうだ」と答える。

「あれは両親が甘やかしたいだけ甘やかしたせいで、おのれに過剰な自信をもってしまったのだ。後宮で苦労すれば、いずれ本来のおのれに戻る」

「そうでしょうか……」

「それより、薬師に言って、火傷に効く薬を明玉に届けてやるがよい」

明玉に優しく接するカディナに納得がいかず、わけもなく妬けた。

そんな折、「辺境の国との最前線に出征していた皇太子が大勝をおさめ、帰国する」という連絡がもたらされ、皇宮は歓喜に沸いた。

いよいよ秀女選びの儀式がはじまる。

「王女様。そろそろ衣を選んではいかがですか？」

泯美がカディナの髪をとかしながら、秀女選びの際にまとう衣装選びを急がせる。他の候補たちは、皇宮の内外から何着も取り寄せては試着を繰り返していると聞いていたからだ。

「私はカナールの花嫁衣裳でよい」

「入内の時に着ておられた深紅の民族衣装ですね。確かにとても美しい衣ではありましたが……。もっと刺繍の沢山入った目をひく華やかなものを選んではいかがですか？」

「何を着たところで結果は変わらぬ。私は最下位だ」

「それはそうかも知れませんが……」

納得した直後、ハッとしたように泯美が自分の口を押さえる。

「やっぱりお前は正直者であるな」

「申し訳ございません！　私を罰してください、王女様！」

泯美は主の髪をとくのを中断してひれ伏した。

こうやって平伏するのは何度目だろう。カディナがくだけた空気をまとい、友とお喋りするがごとく泯美に接するため、ついつい失言してしまうのだった。

「気にせずともよい。先日も言ったであろう。私は皇太子妃になりたくてここに来たわけではないと」

それを聞くと泯美はあの夜と同じように、言葉を失ってしまうのだった。

2.

その日の午後、皇太子が簫蘭の大軍を率いて簫京へと凱旋した。

またもや楼閣に登ってその様子を眺めたという泯美は、戻ってきて興奮気味に報告する。

「今回の遠征で、また国土を拡大した勇猛な皇太子の姿をひと目見ようと、皇宮へと続く道には民が溢れておりました」

カディナは螺鈿の円卓に頰づえをついたまま、「ふうん」と知らず知らず不機嫌な声を漏らしていた。

「気にならないのですか？　王女様の夫になられるお方ですよ？」

「夫ではない」

「たとえ王女様が第十夫人だとしても、夫は夫ではないですか」

よっぽど気持ちが盛り上がっているらしく、この正直者は自分が無礼なことを言っていることに気づいていないようだ。ここはいつものようにハッとして『罰してください、王女様！』と叫ぶ場面のはずなのだが……。

カディナは思わずため息をついた。

「それで？　お前の目にどう映った？　皇太子は」

故意におざなりな口調で聞いてみた。すると、泯美は頬を染め、いつになくうっとりと心酔するような目をして口を開く。

「皇太子殿下は冷酷で無慈悲な熊のような大男だという噂だったのですが、実際の紘陽様はすらりとして端正な凜々しいお姿をされていました」

「ふうん」

カディナは泯美の言葉から凜々しい皇太子の姿を想像してみるが、頭の中でうまく像を結ばなかった。

夕方になって、皇太子から皇太子妃候補それぞれに阿拉伯《アラビア》半島の属国から献上された美しい宝石のあしらわれた装飾品や上質な絹、化粧品などが下賜された。

そして、下賜品を持参した皇太子の側近が、『秀女選びの日時が明日の隅中（八時ごろ）に決まりました』と伝える。

思いのほか、皇太子の凱旋がはやかったため、慌てて吉日を占ったらしい。あらゆる易学の知識を結集し、国の行事をつかさどる観象台の決めごとだという。その観象台によれば、これより先、秀女選びの吉日は一年先までない、と。

泯美は皇太子から送られた美しい宝飾品をうっとりと眺めた。こんな時には目ざとく、明玉が出てくる。

「おや、王女様には白粉が下賜されなかったのですね？」

品定めをはじめた明玉が、嫌みを含んだ言い方をした。

「白粉？」

聞き返す泯美に明玉は、

「半島で作られる白粉は質がよく、なかなか手に入らない品なの。他の皇太子妃候補は皆、持っていた」

と、その白粉がさも価値があるもののように説明する。

「高価な白粉は私の肌に合わぬのだ」

カディナの言葉が負け惜しみに聞こえたのか、明玉はニヤリと笑い、部屋を出ていった。

「あ、でも、こんな見事な指輪は見たことがありません」

涙美は気をつかってか、下賜品を載せた台の上にある皿のように赤い珊瑚を指さす。

「どれ？」

涙美から渡されたそれは、見事な彫刻を施した美しい指輪だった。

「王女様。明日はこの指輪を身につけられるのですね」

当然のように涙美が言う。彼女の視線の先には、ずっとカディナが薬指にはめている紫水晶の指輪がある。

「私はこの指輪以外のものは身につけぬ」

カディナがそう断言すると、涙美は「え？」と目を大きく見開いた。

「その指輪は一体……」

聞くのを遠慮し、必死に質問を呑み込んだような顔をしている。

「これは私の初恋の相手が残していったものだ」

「初恋の相手って……」

誰なのか聞きかけて躊躇《ためら》っている。皇太子妃候補が皇太子以外の者を思ってはいけないと言いたげな顔だ。

「心を落ち着けてから話してやるゆえ、茶を淹れよ」

「はい。すぐに」

涙美はカディナに指輪を送った初恋の相手のことを一刻も早く聞きたいらしい。

すぐさま立って桂花茶の茶筒を手にとる。

間もなく、室内に金木犀《きんもくせい》の花のかぐわしい香が漂いはじめた。

そなたも飲め、と涙美にも茶をすすめ、カディナ自身もひと口飲んでから、

「今から十年近く前の話だ」

と、口を開いた。

「その日、カナールにみすぼらしい身なりの母子が流れ着いた。絹の道の入口あたりに行き倒れていたのをベドウィンの長が見つけ、王城へ運び込んだのだ」

カディナの脳裏にその日からのことが走馬灯のようによみがえる。

「ふたりはどこから来たのか話さなかった。だが、飲まず食わずで砂漠を彷徨《さまよ》っていたらしく、とくに母親の方は栄養状態が悪かった。看護の甲斐もなく、間もなく亡くなってしまった」

だが、少年はひと粒の涙も見せず、ぎゅっと両手の指を握りしめていたのを思い出す。

「私の父、ガンダールは何かを察したようだった。少年に同情した様子で、王城の使用人が寝泊まりする小屋に彼を住まわせ、衣食の世話をするよう使用人に命じた」

少年は泣かなかったものの、しばらく小屋に引きこもったままだった。

そんな少年をカディナが連れ出し、一緒に砂漠で遊ぶようになった。

「木の枝を削って木刀を作り、砂丘の上でちゃんばらをしたり、村のオアシスまでラクダで競争したり」

幼いころの思い出を口にすると、なつかしさで思わず口許がほころぶ。

「だが、カナールに来て二年も経たぬ内に、少年はいなくなった」

「なぜですか？」

泯美が不思議そうに聞く。

「その親子はもともと誰かに追われていたそうだ。あまり長くカナールにいると、我々にも累が及ぶとかんがえたのだろう、と父は言っていた」

「では、その指輪は匿ってもらったお礼だったのでしょうか……」

泯美は不幸で健気な少年に同情するような顔をしている。

「その者は出て行く前の晩、去ることは告げず、『この指輪はかならずカディナを娶《めと》るという約束だ』と言った」

「まあ……！」

泯美は自分が求婚されたように頬を染め、瞳を潤ませている。

「では、王女様はずっとその少年のことを想って、十九になるまで待っておられたのですね……」

泯美がしみじみと呟く。

「まさか」

カディナは噴き出すように笑って否定した。

「あんな裏切り者のことなど、想うわけがなかろう」

「裏切り者……。でも、その方は何者かに追われていて、王女様たちに迷惑をかけたくないがために出ていったのですよね？」

純愛を想像しているらしい泯美に、わけもなく苛立った。

「確かに、出ていったその時はそうだったかも知れぬが」

「その時は……ということは、そのあと、再会されたということですか？」

「いや。それっきり会ってはいない。だが、風の噂にその者の非道な振る舞いの数々を聞いた」

カディナが吐き捨てるように言ったせいか、泯美はそれきり何も聞かず、花嫁衣裳の手入れをはじめる。

その時不意に、部屋の向こうからカタンと音がし、遠ざかる人の気配がした。

「ネズミが聞いていたようだな」

盗み聞きをしていたのは間違いなく、明玉だろう。

「も、申し訳ありません。私があれこれ聞いたばっかりに。罰してください、王女様」

　泯美がひれ伏す。

「もうよい。好きにさせておけばよい」

　明日にはこの皇宮中に、『カディナ王女には密かに思いを寄せる男がいる』という噂が流れるに違いない。

3.

　その夜、雲水殿に予期せぬ客が訪れた。

「カディナ王女に取り次ぎを」

　寝殿の外から男の声がする。

　泯美が外へ出て相手を確認する前に、明玉が出ていってしまった。が、明玉は慌てふためいて戻ってきて、カディナの側へ駆け寄ってくる。

「こ、皇太子殿下が外にお見えに……」

　その報告には泯美も腰が抜けるほど驚いた。凱旋したばかりの皇太子が、その日のうちに一番序列の低い皇太子妃候補の寝殿に現れたのだ。

しかも、皇太子の来訪を聞いたカディナが「紘陽が？」と、皇太子の名前を呼び捨てにする。明玉も弾かれたようにカディナを見た。

「すぐに茶と菓子を用意いたします」

もてなしの準備をしようとする泯美をカディナが制した。

「あのような恩知らずを中に入れてやる必要などない。私が外へ出る」

ぴしゃりと言ったカディナは、違い棚に飾っていた模造の刀をつかみ、外へ出た。

「え？　刀？　王女様！　何をなさるおつもりなのです!?」

嫌な予感がして、泯美は王女の後を追った。頭の中に『討つ』と言ったカディナの声が蘇る。

「あ……。皇太子殿下……」

簫蘭では皇帝と王子だけが着ることを許される龍の刺繍が入った青い衣をまとった人物が、雲水殿の庭先に立っている。

――本当に皇太子殿下が現れた。皇太子妃候補の中で最も地位が低い候補の寝殿に。

明玉の言ったことは嘘ではなかった。

皇太子のその背後にはふたり、護衛らしき男が控えていた。

月明かりの下で見る皇太子は、泯美が凱旋の折に見た鎧兜を身につけた姿よりもさらに端正に見えた。

きりりと切れ上がったまなじり。皇帝陛下である父親譲りの細く通った鼻梁と薄い唇。

やはり凛々しく、堂々としている。

「カディナ、久しぶりであるな」

口許を微かに緩めている皇太子を、カディナは射るような目で凝視している。

「紘陽。おのれ……」

本人を前に皇太子を呼び捨てるカディナにひやひやした。が、カディナは侮辱するような表情のままたずねた。

「こたびは辺境で何人の兵を手にかけてきたのだ？」

「さあ……。斬った兵の数など、いちいち数えておらぬ」

皇太子の方はとぼけるような言い方だった。

「ふん。昔はイモムシすら怖がって殺せなかったくせに」

ずいぶん変わったものだ、とカディナが呟くように言う。

「では、どれぐらい刀を扱えるようになったか、久しぶりに手合わせしてやろう」

ふたりのやりとりから、涙美の頭にひとつの想像が浮かんだ。

——まさか……。十年近く前、王女様が砂漠を連れ回したという少年が皇太子殿下なの？　つまり、初恋の相手であり、王女様の家族を殺した張本人であるということと？

混乱する泯美の前で、カディナが戦う準備をするかのように刀を八の字に回しはじめる。その刃がびゅっびゅと風を切る音がする。刀の残像が見えるほどの速さだった。

飾り用の模造刀とはいえ、かなりの重さがある。棚を拭き清める際に持ち上げたことがあったが、思いのほか重くて落としそうになったほどだ。

――王女の身軽さは知っていたけれど、あの重厚な刀をあんなに軽々と振り回すこともできるなんて……。

やはり王女らしからぬ人物だ、と泯美は呆気にとられた。

カディナが刀を抜いて敵意を見せたために、皇太子の護衛が主の前に出て戦おうとする。

が、それを片手で制した皇太子が不敵に笑い、「これは鍛錬だ」と言い放ち、自らも刀を抜いた。その顔はどこか嬉しそうだ。砂漠の上でちゃんばらごっこでも始める前の子供のように。

先にカディナが無言で斬りかかった。鍛錬や遊びとは思えないほどの素早さで。

皇太子が横にした刀で受け止める。キン、と鋼が交わる音がし、火花が散った。

「ひっ！」

泯美は思わず耳を塞ぎ、目を背けた。

それでも、ふたりが刃を交わす音が鼓膜に響く。しばらくしてその音がやみ、恐る恐る目を開けた。

刀を交わしたまま、ふたりがじりじりと距離を縮めている。カディナは皇太子を睨んだまま、憎々しげに呟いた。

「お前を信じて家族のごとく接してやったのに……」

紘陽は鼻で笑った。

「それでもここへ来たのは、まだ私を信じているからであろう？」

カディナが悔しげな顔をして唇を噛んだ。心の中を言い当てられたかのように。

皇太子はその隙を見逃さず、勢いよく刀を払い上げた。カディナの模造刀が彼女の手を離れ、宙に舞う。

「う……っ！」

刀を跳ね上げられた反動で玉砂利の上にしりもちをついたカディナの喉元に刀を突きつけた皇太子が余裕の微笑を浮かべる。その横顔が、泯美の目にはぞっとするほど美しく見えた。

「砂漠で遊んでいたころの私とは違う。体格も実戦で培った技も」

カディナは唇を噛み締めたあと「重い模造刀でなければ、私がお前の首を切り落としていた」と言い返した。

たしかに、ふたりの戦いは互角に見えた。同じような真剣をつかえば、カディナにも勝機があっただろう。

紘陽は、ぱちん、と刀を鞘におさめ、座り込んでいるカディナに手を差し伸べた。

「今日は疲れておるゆえ、おいおい話そう」

カディナは目の前に差し出された手をバシッとたたくように払った。

「そなたは変わらぬな、あのころと」

そう言って紘陽が苦笑する。

無表情のまま立ち上がったカディナが「お前は変わりすぎた」と皇太子から目をそらす。

「そうだな。あれから十年、色々な試練があった。変わらなければ生き残れなかったのだ」

寂しそうに踵を返した紘陽が、ふと余暉に目を留めた。

「お前は……カリムか？」

皇太子は懐かしそうに目を細めている。

が、余暉の方はバツが悪そうに曖昧に笑っていた。

「殿下。私がこの恰好をしている時は『宦官の余暉』でお願いします」

カリムと呼ばれた余暉が、小さく頭をさげる。

「何を言っているのかよくわからぬが、お前がカディナの側にいるのなら安心だ」

そう言って余暉の肩をたたき、紘陽は護衛を連れて雲水殿をあとにした。

——余暉も皇太子と知り合いなの？　カリムって？

泯美はひとり混乱していた。

寝所にもどったカディナは枕に顔を伏せ、

「許さぬ！　紘陽め！　絶対に許さぬ！」

と叫びながら、寝台をたたき続けている。癇癪もちの子供のように。こんな風に悔しがるカディナの姿を見るのは初めてだ。

「王女様。どうかお心をしずめ、穏やかにお眠りください」

明日は秀女選びの日ですから、と言いかけてやめた。それを言えば、いやおうなく彼女を打ち負かした皇太子のことを思い出させることになる。

結局、それ以上、声をかけることができず、余暉のことを聞くこともできなかった。

翌朝には『カディナ王女が皇太子に斬りかかった』という噂が囁かれていた。

もちろん噂の発信源は明玉だろう。ふたりが刀を交えた現場を見たと公言する者は明玉しか考えられない。

泯美は御膳房にカディナの朝餉をとりに行った時、宮女が喋っているのを聞いた。

「皇宮の中で皇太子と王女が斬り合ったなんて、さすがにあり得ないでしょう」

「そうね。悪い噂があとを絶たないカディナ様だけど、さすがに今度ばかりはだいぶ尾ひれがついているんじゃないかしら」

いくら親兄弟の恨みがあるとはいえ、さすがに荒唐無稽な話として、信じる者は少ないようだ。

——まあ、これまでの噂が嘘と尾ひれつきで、斬り合ったのは事実なのだけど。

人の口というものはいい加減なものだ、と泯美は笑いそうになった。

4.

「王女様。早く起きてくださいませ。もうお支度をはじめませんと」

おろおろするような泯美の声で夢から覚めた。

そういえば、何度も声をかけられたような気がする。が、起きようとしても、なかなか起き上がることができなかった。

昨夜は紘陽に打ち負かされた悔しさで、なかなか寝つくことができず、寝不足のせいか今は頭が痛い。

「早く湯あみをなさってください」

急かされて何とか寝台の上に半身を起こしたが、まだ眠い。

「私が行かずとも秀女選びに影響などあるまい」

「何をおっしゃってるんですか！」

珍しく泯美が感情的になっている。

「皇太子妃に選ばれてくださいとまでは申しません。ですが、この機会に少しでも順位を上げていただかないと、皇室でのお立場が悪くなります」

泯美がカディナ自身のためを思って忠告しているのはわかっていた。だが、皇宮の中の序列などどうでもいい。そんなつまらない話をされるたびに、砂漠の王城に帰りたくなる。今はもう、だれもいないあの王城に。

それでも泯美の小言は続く。

「内務府の者に見下されたが最後、冬、王女様が暖をとられるための炭だって減らされるのですよ？　着物や食べ物も質素なものを回されてよいのですか？　食事が青菜と白米だけになっても」

「わかった、わかった。私もひもじい思いはしたくない。できる限りのことはする」

まぶたをこすりながら寝台から降り、泯美が用意した香りのよい湯につかった。

「王女様は本当に皇太子殿下を殺したいほど憎んでおられるのですか？」

泯美が湯舟の縁に膝をつき、カディナの髪を洗いながらたずねる。

「わが一族の仇だからな」

そう言って泯美を黙らせたものの、幼いころの純真で一途な紘陽しか知らないカディナは、彼を匿った一族を流刑に処し、首長とその息子を殺して国土を奪ったという話は信じがたかった。

実際、カディナと弟が隠し部屋から出た時、家族はいなかった。そして、父と兄が毒を賜ったという話を王城に仕える男から聞いた。

――あの紘陽がそんな無慈悲なことをするだろうか……。

カディナが知っている紘陽は優しく、濁りのない真っすぐな瞳をしていた。

だが、昨夜、約十年ぶりに対峙した紘陽はすっかり背も伸びて大人になり、別人のように冷たい目をしていた。そして、その瞳は心の内を読ませなかった。

――わからぬ……。

カディナは、花びらの浮かぶ湯の中に全身を沈め、水中で瞑想した。ただ、潜っていた時間が長すぎたらしい。

「お、王女様！」

動揺した様子の泯美の手で二の腕をつかまれ、水面から顔を出した。

「そのように慌てずとも大事ない。ちょっと考え事をしていただけだ」

すぐに湯からあがり、水を拭うための衣を羽織った。


昨夜、泯美に言っておいた通り、秀女選びにはカナールの正装で臨んだ。

「せめて、殿下から下賜されたこの冠だけはおつけください」

哀願するように泯美が言う。

黄金の冠に大小の紅い宝石がちりばめられ、両端から薄紅色の珊瑚《さんご》や翡翠《ひすい》、真珠の玉飾りが数本長く垂れている。あたかも、カディナが深紅の衣をまとうことを知っていて、それに合わせて作らせたかのようだ。

泯美が美しく結い上げた髪の上にその冠をのせるのを、黙って鏡越しに見ていた。

「どうか、賜った珊瑚の指輪も……」

と、泯美は勧めるが、真新しい珊瑚の指輪を身につける気にはなれず、指に馴染んだ紫水晶のそれに指を通す。

「お前たちも好きな衣を選ぶがよい」

泯美と明玉にも美しい絹の衣を着せ、カディナはふたりを伴って雲水殿を出た。そこにはもう赤い輿が待っている。

ゴ――ン。ゴ――ン。

皇太子の住居である東宮に着かないうちに、秀女選びの時刻を知らせる鐘が鳴った。それでも、輿を担ぐ男たちが急ぐ様子はない。カディナが皇太子妃に選ばれることはない、と知っているかのように。

結局、四半刻ほど遅れてカディナは東宮に到着した。東宮の門の前では宦官の長である太監《たいかん》が行ったり来たりしている。

秀女選びは後宮の行事であり、今日は皇后とその太監が取り仕切ると聞いていた。

――太監がここにいるということは、まだ秀女選びははじまってないのだろうか。

東宮の前をうろうろしていた太監は、カディナを見つけた瞬間、駆け寄ってきて、

「降ろせ、降ろせ」と担ぎ手に言って輿を下ろさせる。

「お急ぎください、カディナ様」

東宮から遣わされた輿は全く急ぐ様子がなかったのに、なぜか秀女選びの責任者である太監に急かされる。

「なぜ私を待っておったのだ？」

「紘陽様が全員揃うまで秀女選びをはじめぬ、とおっしゃるので」

自分以外にも刻限に遅れている皇太子妃候補がいて、思ったように候補たちが集まらず紘陽が苛立っているのだろうか。太監は額の汗を拭いながら小走りにカディナを

案内する。

――ふふふ。私のように秀女選びに気が乗らない姫君もいるのだ。紘陽はないがしろにされて怒り狂っているのだろう、いい気味だ。

カディナはほくそ笑みつつ、太監のあとに従って広間へ入った。

――おや……。

皇后と皇太子が座る宝座の前に、既に九人の姫君が並んでいる。カディナは自分が最後のひとりだったことを理解し、少し居たたまれない気持ちになりながら一番端に立つ。

「はじめよ」

紘陽がカディナを一瞥し、太監に命じた。

「それでは、これより秀女選びをはじめる。候補者は名を呼ばれたら一歩前へ」

太監が長い巻き物を広げながら、皇太子妃候補一人ひとりの名を呼び、その氏素性を読み上げる。その声が朗々と高い天井に響いた。

泯美が言っていた本命、皇后の姪である顧琉璃の説明が一番長い。彼女の何代も前の祖先にまでさかのぼり、その立派な経歴や手柄が公表される。

ちらりと横目で見た顧琉璃は背筋を伸ばし、自信たっぷりに微笑んでいた。

拷問のように長く退屈な紹介にカディナが欠伸をかみ殺した時、ようやくカディナの番がきた。

「佳南のガンダール首長の嫡女、カディナ王女。齢十九歳」

砂漠の小国の王女の説明はあっという間に終了した。

「では、これより皇太子殿下が指輪を下賜した者を皇太子妃に、お声をかけられた者を貴妃に、それ以外の者を才人とする」

つまり候補の全員が皇太子の正室か側室になるということだ。

「指輪を渡された者は謹んで……」

太監の言葉が終わらないうちに紘陽が宝座を降り、一直線にカディナの前に立つ。

「は？」

その思いがけない行動に、カディナは素っ頓狂な声をあげてしまった。

紘陽はカディナと目を合わせることなく、どこか不機嫌そうな顔をしてそっぽを向いている。これまで見せたことがない、照れているような困っているような、とにかくおかしな顔だ。

急いで紘陽のあとを追ってきた宦官が、額の高さに捧げもっている台を紘陽に差し出した。その上に載せられている箱を手にとった紘陽が、ぶっきらぼうに、

「受けとるがよい」

とカディナに差し出す。

上からのぞき込むと、箱の中には美しい珊瑚の指輪が入っていた。既に雲水殿に届けられていたものより少し色が薄いように見える。

——昨夜、刀を交え、罵られた相手に求婚するのか。

バツが悪くないはずがない。案の定、紘陽はふてくされたような表情のまま口を開く。

「早く指にはめぬか」

急かすように言われ、カディナはムッとした。

「いらぬ」

「なに!?」

紘陽が声を荒らげる。

「私は皇太子妃になるつもりはない」

「遠慮することはない。身分に関係なく、私が選んだ者が正室になるのだ」

その偉そうな言い方に絶句した。

——私を姉のように慕ってどこへでもついてきた、純真で可愛らしかった少年はどこへ行ってしまったのか。

怒り心頭で言葉が出なかった。

「何をしておる。早く受け取らぬか」

せっつくように言われたカディナは、腹立ちまぎれに紘陽の手から箱を奪い、それを隣に立っている美女に差し出した。

「え？　わたくしに？」

彼女は目をぱちぱちさせた後、すぐさま「殿下のご聖恩に感謝いたします」とうやうやしく箱を受けとり拝礼する。たしか太監の紹介によれば、勇猛さで名を馳せる将軍李氏の娘で、名前は李菊麗《リ・ジュエリ》。皇后の姪ほどではないかも知れないが、それなりに権力を持つ重臣の娘だ。

――たまたま隣に立っていたのは偶然だが、しごく順当ではないか。

カディナがほくそ笑んだ時、紘陽は舌打ちをし、憮然とした表情で黙って広間から出ていってしまった。

太監が皇后の方に視線をやった。姪が声もかけられなかった皇后は苦虫をかみつぶしたような顔をしている。

その怒りを察したかのように、広間は静まり返っていた。

太監は困惑した様子で、

「あ、えっと……。で、では、最終的に指輪を受け取った李氏の嫡女李菊麗を皇太子妃に任ずる。そして、声をかけられたカナールの王女、カディナを貴妃に、その他の者は才人として……」

と、なんとか一連の出来事から候補の序列を決めようとした。その時、皇后が、こほんこほん、と咳払いをした。すると太監はハッとしたように皇后の側へ寄り、皇后の耳打ちにうなずいたあとで言い直す。

「皇太子妃に李氏の嫡女である李菊麗を、そして貴妃には顧氏の嫡女である顧琉璃とカナールの王女カディナを、その他の者は才人とする。ただし、初夜の契りをもって、これを正式に認める」

結局、全員が皇宮にとめおかれることになり、初夜である今夜、皇太子が訪れた寝殿の主が正室になるということのようだ。これでは何のための秀女選びだったのかわからない。最初から『今夜、皇太子が忍び込んできた寝殿の主が正室である』と決めておけばよいではないか。

太監から貴妃に与えられる腕輪を受け取ったカディナは溜め息をついた。

——紘陽が声をかけてきたばかりに、中途半端なことになってしまった……。

皇后が立ち上がった。

「これにて秀女選びは終了とする。皆、寝殿に戻って皇太子の来訪にそなえよ」

皆が頭をさげ、皇后を見送った。その顔は悔しさを露わにしていた。紘陽が自分の姪を皇太子妃に選ばなかったことに怒り心頭の様子だ。

5.

秀女選びが行われた広間から出てきたカディナ王女は、どこかぼんやりとした様子だった。

「カディナ様。お疲れ様でございました」

泯美が声をかけても、遠くに視線を置いたまま前を通りすぎる。

「王女様……」

他の付き添いの宮女たちと一緒になって広間の中をのぞいていた泯美は、李菊麗が皇太子妃に選ばれた顛末を全て知っていた。

――ご自分から皇太子妃の座を譲ったのに……。

王女の横顔には喪失感のようなものが見てとれる。やはり初恋の相手が他の者を正室に迎えるのは、複雑な心境なのだろうか。

それとは対照的に皇太子妃に選ばれた菊麗は満面の笑みだ。彼女の周りには祝福の輪ができている。どんな経緯であったにせよ、彼女は皇太子の関係者が住む東宮で最も尊い女人となった。

雲水殿にもどったカディナは食欲もなく、夕餉の羹の汁を少し飲んだだけで、寝所にこもってしまった。

しばらくして、珍しく明玉が部屋から出てきた。そして、泯美が片付けはじめた食卓に肘をつき、「やっぱり王女は自分の身分を考えて皇太子妃の座を譲ったのかしら」と手つかずの料理をつまみながら無駄口を叩く。

「色々と複雑なのでしょう」

明玉には恨みがある。そして、今は同じ側仕えの立場である。

それでも、ずっと「お嬢様」と呼んできた相手に対し、泯美は急に馴れ馴れしい口をきいたり、冷たい態度をとったりすることができなかった。

「今ごろ、皇太子は李菊麗の寝殿に赴いて初夜を迎えているんだろうねえ」

カディナの寝所の方に向かって聞こえよがしにそう言って、明玉が立ち上がる。その彼女に、泯美は「これを」と着物の袂から小さな白磁の器を出した。

「なに？」

明玉が上等な容器を見て怪訝そうな顔をする。

「カディナ様がお嬢様に、と。やけどに効く薬だそうです」

これまでにも、カディナは何度か明玉に傷薬を取り寄せて渡している。

それを聞いた明玉は一瞬、泣き出しそうに顔をゆがめ、眉尻をさげた。が、とりこまれまいとでもするかのように、そっぽを向いた。

「ふん！　毒でも入ってなきゃいいけど」

そんな悪態をつきながらも、泯美の手から薬を奪い、部屋に戻っていく。

居間にひとりになった泯美が食卓の片付けを終えても、カディナの部屋からは、ことりとも音がしない。

皇太子に会ってからのカディナは、気持ちが不安定になっているように見えた。心の中で色々な感情がせめぎあっているみたいに。

――ああやって反目しあっていても、やっぱり王女様は子供のころの殿下を信じ、今でも想いを寄せているのかも知れない。

泯美が溜め息をついた時、ふらりと余暉が姿を現した。そして懐から出した白い封筒を差し出す。

「泯美。この文を王女様に」

「え？　どなたからの文なの？」

尋ねる泯美に余暉は意味ありげに笑う。

「いいから、急いで」

「う、うん……」

塞ぎ込んでいるであろうカディナに声をかけるのは憚られた。が、余暉の様子からして悪い報せではなさそうだし、急ぎのようだ。

うけとった封筒の中には紙だけでなく、何か長方形の固い物が入っている。何が入っているのか気になったが、封を開けることもできず、王女の寝所の扉を叩く。

「カディナ様。文が届いております」

外から声をかけても返事がないので、静かに戸を開けて中に入り、寝台に歩み寄った。

「王女様……」

扉を叩く音にも気づいていなかったらしく、ハッとこちらを見た王女の目は赤く潤んでいた。見てはいけないものを見たような気がして、泯美は目を伏せて余暉から受け取った封筒を差し出す。

「これを……。余暉が持ってまいりました。お疲れだとは思ったのですが、急ぎのようなので……」

これまで、この雲水殿に文が届いたことは一度もない。カディナも怪訝そうな顔をして身を起こし、泯美の手から封筒を受け取る。

そして、手の甲で目じりをぬぐい、封筒の中から折りたたまれている半紙を引っ張り出して広げた。

しばらくの間、じっと手紙の上に視線を落としていたカディナは封筒の中をのぞいた。封筒の中にはまだ、泯美の指に触れた固い何かが残っているはずだ。彼女が封筒を逆さにしてその何かを掌の上に落とし、握りしめる。

「泯美。出かける用意をしておくれ」

王女は決心したように寝台から足を下ろし、立ち上がった。

「え？　これからですか？」

「早く。着物は下賜品の漢服がよい」

「は、はい」

せっつかれた泯美は、簞笥の奥に仕舞い込んでいた皇太子からの下賜品を出した。

秀女選びの前でさえ、着飾ることに無関心だったカディナが、髪を整えている側から、

「髪飾りは瑪瑙《めのう》のついた簪がいいな」

と、横目で宝飾品を物色している。鏡に映った王女の頰は、少女のように紅潮していた。

昨夜、模造刀を振り回した女と同一人物とは思えない。

――あの文がカディナ様の気持ちを変えた。一体、誰が何を書いてよこしたのだろう。

好奇心に駆られたが、今は一刻も早くカディナの装いを整えることが先決だ。主が

それを望んでいるのだから。

「いかがですか？」

結い上げた髪を金や宝石で飾ったカディナは、鏡に映った自分の顔を様々な角度から眺めて確認している。

「うん。これでよい」

濃淡の美しい桜色の漢服に装いを変えたカディナは鏡の中の自分にうなずき、そのまま居室を出ていく。小鳥のように飛び上がりそうな勢いでぱたぱたと軽やかな足音をたてて。

部屋にひとりきりになった泯美は、好奇心を抑えきれず、机の上に置き去りにされた文に手を伸ばし、開いてしまった。

『今宵、東宮の楼閣で待つ。今はただ我を信じよ。コウ』

その流麗な文字を見て、ドクン、と泯美の胸が脈打った。そして、直感した。

——コウ、とはきっと紘陽殿下のことに違いない。幼いころ、カディナ王女が彼をそう呼んでいたのかも知れない。

あの短い文の中で、皇太子は『自分はあのころと変わっていない、今はただ信じてくれ』という想いを伝えたのだ。そして、楼閣で待つという約束は『今宵、自分は誰の寝殿にも行かない。王女に会いたい』という意味なのだろう。

その手紙を読んで、カディナは別人のように頬を染め、飛び出していった。

「ああ……」

カディナの喜びが伝わってきて、この状況が自分のことのように嬉しい。カディナの気持ちに共鳴し、天にも昇る思いだった。

泯美はいても立ってもいられず、カディナのあとを追った。

ふたりが昔に戻って、心から信じ合い、微笑み合うのを見たかった。


雲水殿から楼閣へ行くには北門をくぐらなければならない。

が、この時間、皇宮の全ての門は閉ざされている。北門も例に漏れず、既に閉まっており、その前にはふたりの門番が立っている。

先を歩いていたカディナは部屋を出た時に握りしめていた指を開き、門番に見せた。

ふたりの門番は驚いたような顔をして、カディナに拝礼し、門を開けた。

――あれは通行証だったのか……。それも、夜中に門を開けさせるような威力をもつ通行証……。

カディナは北門の向こうに消えてしまった。

ついて行ってふたりの幸せな姿を見届けたかったが、一介の宮女の通行証でここを通してもらえるわけもない。

「泯美。こっちだよ」

ふと袖を引かれ、顔をあげると、そこには余暉が立っていた。

「楼閣に行きたいんだろ？　こっちに抜け道があるんだ」

どうやら余暉もカディナをつけてきたようだ。

「ほんとに？　私、王女様の幸せそうなお顔が見たいの」

正直な気持ちを伝えると、余暉は微笑んでそのまま泯美の手を引く。連なる塀に沿って暗がりへと向かっていった。

少し歩くと、塀の前に背の高い草が生い茂る場所がある。余暉がその草をかきわけると、そこに壁の崩れた所がある。犬が出入りしそうな穴だ。

「え？　ここから入るの？」

泥だらけになりそうだ。が、主の幸せそうな顔が見たいという気持ちには勝てなかった。

6.

楼閣のてっぺんに登るためには、百段以上の階段を上がらなければならなかった。

各階に踊り場があり、燭台がおかれている。蠟燭の炎がゆらめいているが、足許は暗い。

カディナは壁に手をつきながら、一歩一歩、慎重に登った。自分の足音だけが響くのを聞く。紘陽からの文がよみがえる。『信じよ』という文字の力強さが。

――本当はわかっていた。あたえられた寝殿の入口正面に掲げられた『雲水殿』という額を見た時から。

雲は砂漠に影をもたらし、生き物をはぐくむ。カディナは砂丘に寝転んで空を流れる雲を見るのが好きだった。

そして、水は砂漠を持つ国にとって最も大切な恵み。

紘陽は忘れていない、カナールでの日々を。

それは理解したけれど、十年ぶりに会った彼の容貌は幼い日のそれと変わりすぎていた。もう純真な目をした少年ではなく、すっかり大人の男になっていた。きっと彼の目に映る自分も、少女のころの姿とは違って見えたに違いない。

――戸惑ってしまった……。

今、この胸がドキドキと脈打つのは、階段を上る動作を続けているせいなのか、大人になった紘陽に会う胸の高鳴りなのかわからない。

迷いもあるせいか、四半刻かかってようやく塔の頂上にたどり着いた。最上階には壁を正方形にくりぬいた大きな窓がある。いつもは、ここに見張りの兵がいて、都の周囲に目を光らせているはずなのだが……。

青い衣をまとった男が、その窓枠によりかかり月を見上げている。

「コウ……」

すっかり広くなった大人の背中に呼びかけると、紘陽は振り返り優しく笑った。その目じりにだけ、少年のころの面影がある。それなのに、大人の男の顔になって両腕をひろげる彼に、また少しとまどう。

「信じてよいのだな?」

遠回しに、私の仇はお前ではないのだな、と尋ねる。

「今は、信じよ、としか言えぬ」

許しを請うように眉をゆがめる紘陽の胸に、カディナは身を投げた。

自分よりずっと背が伸び、胸板も厚くなった紘陽はやはり別人のようだ。砂丘の上から抱き合って転がり落ちた体は柔らかく小さかったのに。それでも、その強い腕で抱きしめられるのは心地いい。

やがてふたりは、どちらからともなく少し身を離し、口づけを交わした。

子供の戯れみたいに唇が触れるだけの口づけをしたあと、ふたりは窓辺によって、一緒に月を見上げた。満月に細い雲がかかっている。

「コウ。昔のお前は従順な子犬の顔をしていたのに、今やすっかり龍の顔になった」

「龍？」

「皇帝の顔だ」

カディナが断言すると、紘陽は「そうか」とだけ言った。その瞳には複雑な心境が見てとれる。簫蘭を治める決心がついていないのだろう。ほんの一瞬、気弱な少年の面影が顔を見せる。

「お前は立派な聖君になる。だが、残念ながら私は皇后の人相ではない」

しんみりと言うカディナを、紘陽は笑い飛ばす。

「それで他の者に指輪を譲ったのか？」

「いや。あれは単に腹が立ったからで」

そう笑ったあと、カディナは薬指に紫水晶の指輪をはめた左手を開いて夜空にかざした。

「それに私にはこの指輪がある。これがよいのだ」

本心からそう言うと、紘陽は低く笑った。

「私も肌身離さず持っておる」

彼は襟元をさぐって首飾りを外に出した。細い革紐の先にカディナが指にはめているのと同じ薄紫色の指輪がある。

ようやく昔の紘陽に出会えたような気がして、カディナは心から安堵した。

そして、ふたりは時がたつのも忘れ、思い出話に花を咲かせた。


夜明け前、ふたりは手を繋いで楼閣を降りた。

「寝殿まで送って行こう」

カディナは紘陽に送られて雲水殿への帰路についた。

紘陽の計らいなのか、北門にいたはずの門番は既におらず、途中誰かに見られることもなかった。

こうして、紘陽と手を繋いで歩ける時間が愛おしく、寝殿までの距離が縮まっていくのが恨めしい。

「では、ここで」

先にカディナが告げた。

紘陽は名残惜しそうな顔をして、うん、とうなずき、東宮の方へ戻って行く。残念そうな顔をしたくせに一度も振り向かない、その憎らしい背中が見えなくなってから、カディナは雲水殿に入った。

翌朝、皇太子は夜中に東宮を出ていったが、どの妃の寝殿へも赴かなかった。皇太子に仕える者たちも困惑している、という噂を、余暉が聞いてきた。

もし、皇太子が李菊麗のもとを訪れていれば、晴れて大将軍の娘が正式に皇太子妃になった。夜になって皇太子の気が変わり、別の候補の寝殿に行っていたなら、その姫が皇太子妃になったはずなのに、皇太子は誰も選ばなかったと。

そんな話をしながら、余暉はなぜか泯美と目を合わせ、ほくそ笑んでいる。

――もしや、つけられたか。

紘陽との逢瀬を目撃されたかと思うとバツが悪い。

だが、昼前になって、新たな噂が宮中を駆け巡った。それを聞いてきた明玉の話によると、紘陽と李菊麗が楼閣で密会していたというのだ。

「やっぱり皇太子殿下の本命は李菊麗様だったのね」

カディナの近くで机を拭き清めながら聞こえよがしに言う。だが、泯美が全く悔しそうな顔をしていないところを見ると、やはり昨夜の逢瀬を見られたようだ。

気恥ずかしさから頭を抱えるカディナを見て、絶望したとでも思ったのか、明玉は溜飲がさがったような顔をした。

昼下がり、皇后が主催する宴があり、皇太子妃候補全員が皇宮の中にある庭園に集められた。誰の寝殿にも行かなかった紘陽にもう一度、全ての候補と相まみえる機会を作ろうという皇后の思惑だろう。

　広々とした庭園に巨大な天幕がしつらえられ、上座の中央には皇帝、両脇に皇后と皇太子、一段下に三人の王子が座っていた。紘陽の弟たちだが、彼らも嫡子ではなく、側室の子でそれぞれ母親が異なる。

　王子たちの中でも第二王子の玄貞郁《ゲン・テイイク》の姿はひときわ目立っていた。着ている衣が他の王子よりも上質に見える。

　彼の母親は玄玲帝の寵愛を受けた貴妃だった。が、貞郁を生んですぐに亡くなり、皇后の手によって育てられたと聞いた。今でも溺愛しているという噂だ。

　――皇后によく似ている。

　カディナの目に貞郁は狡猾そうな男に見えた。皇后とは血が繋がっていないのだから、産まれた時には違う人相だったはずだ。それが、皇后の邪悪で強欲な魂に長く触れるうち、影響されたのだろう。

　皇太子妃候補たちは皇族に向かって拝礼し、指定された席についた。

　先日の秀女選びの結果が反映されているのだろう、皇族に一番近い席には李菊麗が座り、次に顧琉璃、カディナと続いた。他の候補たちには少し離れた席が用意されている。

　玄玲帝が立ち上がり、盃を持ち上げた。

「皇太子の凱旋を祝う席である。皆、心ゆくまで楽しんでくれ」

玄玲帝の言葉に皆が盃を捧げたあと、皇后の合図で香りのよい酒と山海の珍味が供された。

やがて、揃いの衣をまとった美しい女たちの舞踊がはじまった。

宴もたけなわ、美酒と贅沢な料理で場がなごみはじめたころ、皇后の姪である顧琉璃が李菊麗に声をかけた。

「菊麗様。昨夜、皇太子殿下と一緒に楼閣で過ごしたというのは本当なの？」

自分が聞かれたわけでもないのに、カディナは昨夜の逢瀬を思い出し、ドキリとする。

「え……ええ。まあ……」

菊麗は曖昧に言葉を濁す。

寝殿ではないにしても、初夜をともに過ごしたという噂を肯定することで、皇太子妃の座を正式なものにしようとしているのだろうか。

カディナは菊麗のあざとさに舌をまく。

その時、バタバタと荒々しい足音がして、天幕の前に十名ほどの兵を伴った皇帝の側近が現れた。確か、周《シユウ》という名の宰相だ。

「陛下。北門にこのようなものが落ちておりました」

「見せよ」

宰相は燃え残った文のようなものを差し出し、それを太監が受け取って皇帝に見せる。

「これは……」

玄玲帝が絶句した。

そして、すぐさま立ち上がり、怒りをあらわにして叫んだ。

「これは貞郁に謀反をうながす密書ではないか！」

名前が挙がった貞郁はぎょっとしたような顔をして青ざめ、「私は知らぬ！　何のことかわからぬ！」と、あきらかに狼狽した様子で叫ぶ。

「誰が貞郁にこのようなものを！」

玄玲帝が激高する。

「誰かはわかりませぬが、門番によりますと、昨晩、桜色の衣を着た女が皇族のみが持つ通行証を使って北門を通ったことがわかっております。文はその者が持っていたのではないかと」

北門……。桜色の漢服……。皇族の通行証……。

桜色……。昨夜、カディナが紘陽からの下賜品の中から選んで着た漢服の色だ。

そして、確かに紘陽から送られた通行証を使って北門を通った。

が、文などもっていなかった。ましてや謀反など……。

その場で宴は中止となり、皇太子妃候補たちは皆、それぞれの寝殿に帰っていった。


カディナが雲水殿にもどってすぐ、衛士が五名やって来た。

「すべての妃嬪の着物を調べておる。協力いただきたい」

五名は寝殿の中に散らばった。

カディナの居室にはふたりの衛士が入った。そのうちのひとりが、すぐに箪笥《たんす》を開け、中の着物を全て寝台の上に投げはじめる。

「衛士長殿。これでは？」

若い衛士が昨夜着ていた桜色の漢服を示す。

「押収せよ」

衛士たちはその場ではカディナを拘束することなく、衣だけを持ってすぐに撤収していった。

嫌な予感がした。

罠にはめられていく予感だ。

夜には再び衛士がやってきて、カディナは尋問や刑罰を行う律令府へ連れて行かれた。そこは牢獄ではなく、身分の高い者が留め置かれる殺風景な部屋だ。

そこには李菊麗の姿もあった。

きっと、紘陽と一緒に楼閣にいた、と吹聴したせいだろう。楼閣に行くにはどうしても北門を通るしかない。

彼女は青ざめ、小刻みに体を震わせている。

「そちらにお座りください。これより、尋問させていただきます」

尋問といっても、皇太子妃候補がまだ証拠もない時点で拷問されることはない。

「おふたりの箪笥の中には桜色の衣がありました。それはお認めになりますね？」

カディナは堂々と「はい」と答え、菊麗も少し遅れてうなずく。

「昨夜、北門を通りましたか？」

今度は菊麗が先に口を開いた。

「たしかに通りました。けど、文など持っていませんでした」

怯えれば疑われると思ったのか、強い口調だ。

一方、カディナはきっぱりと否定した。

「私は北門へは行っていません」

それは紘陽の立場を守るための嘘だった。楼閣へ行ったと答えれば、あんな時間に何をしに行ったのだ、と詰問されるに違いない。楼閣に紘陽がいたことが露見すれば、彼が謀反を疑われかねない。なぜなら、紘陽は王位に最も近いからだ。弟と結託して早く王位を得ようとした、と邪推されるに違いない。

否定するカディナに、菊麗は「え？」と声を上げる。

犯人が自分になってしまうと思ったのだろう、慌てている。

「私は北門でカディナ王女を見ました」

菊麗が断言した。いかにも苦し紛れといった告白に、衛士も呆れたような顔になる。

結局、桜色の衣以外、証拠になるようなものは見つかっておらず、カディナと菊麗はいったん、解放された。

翌晩、再び雲水殿を訪れた衛士は泯美と明玉を律令府に引き立てた。

皇太子妃候補を尋問するよりも、その側仕えを拷問した方が証拠になる証言が得られると考えたのだろう。きっと衛士が納得することを話すまで帰してもらえないに違いない。たとえそれが虚偽であっても。

「必ず助ける」

カディナはそう言って、ふたりを送り出した。

泯美は震えながらも気丈に笑って「大丈夫です。ご心配は無用です」と言ったが、明玉は恨めしそうな目でカディナを見ていた。

カディナの命を受け、律令府を探りにいった余暉は、ふたりが菊麗の側仕えと一緒に、ひと晩、牢に入れられたのち、翌朝から拷問される、と報告した。

そして、どうやら、桜色の衣を着た女が貞郁と一緒にいたのを見た門番がいるらしい、ということも。

──どうしたものか……。

カディナは紘陽に疑いの目が向かない方法で、自分の身の潔白を証明する術を考えていた。

「北門の門番に、話を聞いてみるか……」

日暮れ前になってから、カディナはまた墨衣の装束で宦官に化け、余暉と一緒に北門へ赴いた。

いかめしい顔で門を守っているふたりの門番に、余暉が袋に入った銀を握らせ、

「昨夜見たことを教えておくれ」

と、人懐っこい顔で油断させる。

「衛士にも話したが、桜色の衣を着た女が、あの奥の門の下で男と話していたのだ」

門番がさし示す先を見ると、奥にもうひとつ立派な門があり、ふたつの門柱が屋根

を支えている。今は炎をあげていないが、門の前には鉄製のかがり火が置いてあった。

「男はかがり火から顔を背けるように暗闇の方を向いて立っていた。女もこちらに背中を向けて、あの柱に手をついて立っていた」

最初はどちらも後ろ姿しか見えなかったが、男がかがり火で文を燃やした時に、一瞬、見えた横顔が貞郁のそれだったという。だが、女の顔ははっきりとは見えなかった、と。

カディナは奥の門へ行き、女が触れていたという門柱を子細に眺めた。


カディナが自分に降りかかった容疑を晴らすために情報を集めはじめた矢先、皇后の寝殿である歓富殿に呼ばれた。

その場には菊麗の姿もあった。

皇后は焼け残った文をカディナと菊麗に見せた。したためられていたのは、高貴な女性が使う女文字だった。文を書いたのが男だということを隠すために女性に書かせたということもあり得るが……。

「この文は謀反の時間と場所を呼びかけているようにも見えるが、女が男に逢瀬の場所と時間を連絡している内容ともとれる」

皇后がそんなことを言い出した。すぐには皇后の意図が読めなかった。

「お前たちふたりのうち、どちらかが、皇太子妃候補でありながら、貞郁を惑わしたのであろう?」

つまり、この文に書かれているのは謀反の話ではなく、男女の密会の話なのだ、と皇后が断言する。それも、女の方から皇太子の弟を呼び出すための誘いの手紙だと。

——なるほど。

謀反となれば、いかに皇帝の実子であり、皇后の養子といえども貞郁は死罪を免れない。だが、これが密会であり、皇太子妃候補が皇太子の弟を誘惑したというのであれば、貞郁の罪は軽いものになるだろう。但し、誘惑した候補はただでは済まない。

皇后は貞郁を守るため、菊麗かカディィナのどちらかに不貞の罪を着せ、犠牲にしようとしているのだ。

「門番が北の門で高貴な女を見たと言っている。その時間、お前たちはどこにいたのだ」

皇后に詰問され、菊麗はぶるぶると震えはじめた。唇を青くし、全身を震わせている。

だが、カディィナは堂々と「寝所で眠っておりました」と嘘をつきとおした。そんな言い訳がアリバイにはならないことがわかっていながら。

「まあ、よい。お前たちがそれぞれどこにいたか、側仕えの者たちに聞けばわかること」

皇太子妃候補をなぶるわけにはいかないが、身分が高くない宮女をとことん痛めつけ、証言を得ようとしているようだ。

「ひと晩、よく考えよ」

皇后が脅すように言い、ふたりは歓富殿から解放された。


泯美と明玉に皇后からかけられている嫌疑を伝える術がないまま、翌朝を迎えた。

そんな寝不足のカディナの許に、情報が入った。

「李菊麗の側仕えが、牢獄の中で毒をあおって死んだそうです」

余暉が報告した。

「首には紐も巻かれていたという噂でした」

間違いなく、口止めのために殺害されたのだろう。

「むごいことを……」

だが、間もなく泯美と明玉も律令府に連行され、拷問されるに違いない。

何とか紘陽との逢瀬に触れず、身の潔白を証明したい……。

紘陽を証人にすれば、彼にまであらぬ嫌疑がかけられそうな気がしていた。皇后は貞郁を皇帝の座につけるためなら、どんな些細なことでも利用しかねない。

明玉はあの夜、カディナが雲水殿を抜け出したことは知らない。だから、彼女の証言にはほころびが出るはずだ。

泯美はたぶん、カディナと紘陽の逢瀬を知っている。が、泯美は死んでも口を割らないだろう。

──何とかして助けたい。

皇后に紘陽からの文を見せて、彼に呼ばれて楼閣へ行くために北門を通った、と言えば、私の潔白は証明できる。だが……。

紘陽が北門の近くにいたことになる。

カディナは紘陽から送られた文を握りしめ、迷った。

「そういえば……」

ふと、明玉が下賜品の白粉の話をしていたことを思い出した。

『阿拉伯半島で作られる白粉は質がよく、なかなか手に入らない品なの。他の皇太子妃候補は皆、持っていた』

明玉の皮肉な声音がよみがえる。

カディナはもう一度、北門へ向かった。北門を見た時に気になったことがあったからだ。

北門の門柱の中央には薄い鉄板が巻かれている。女はここに手をついていた、と門番は証言していた。

「やっぱり……」

色々な角度から見たカディナは、満足して笑った。

その足で律令府へ行くと、今まさに明玉と泯美の拷問がはじまろうとしていた。並べられた椅子に縛りつけられたふたりは真っ青な顔をしている。拷問のための椅子が置かれた白洲を見下ろす建物には刑部の者だけでなく、皇后もいた。冷酷そうな顔でふたりを見ている。

急いで刑場に足を踏み入れようとしたカディナの手首をつかむ者があった。

「コウ……」

紘陽は黙ってうなずいてから言った。

「行くな。私が証言する。お前と一緒に楼閣にいたことを」

「いや、必要ない」

「え？」

拒否するカディナを、紘陽は驚いた顔で見ている。

「私の身の潔白を示す証拠を見つけたのだ」

「そんなものが本当にあるのか？　それは一体……」

疑っている様子の紘陽にカディナがたずねた。

「ひとつだけ聞きたい。私にはよこさなかったという噂の白粉は李菊麗にも渡したか？」

「そなたは半島の白粉が肌に合わぬと知っていたゆえ、他の九人にだけ渡したのだが……。なぜ、今そんな話を？」

「それだけ聞けばよい。もう証拠はつかんだ」

まだ解せない様子の紘陽をその場に残し、カディナは皇后の前に走り出た。

「皇后陛下。拷問の中止をお命じください。北門で貞郁殿下に文を渡したのが私ではないことを証明いたします」

「証明だと？　できるのか？」

皇后は疑惑を含んだ眼でカディナを見下ろしている。

「はい。李菊麗様と共に北門までお出ましください」

皇后は不承不承、輿に乗り、大きな日傘をさしかけられながら北門までやってきた。

李菊麗は輿の横を歩かされ、皇后のあとから門に歩み寄る。その顔はどこか生気を失っているように見えた。

ふたりが北門の前に立ったところで、カディナは自分の潔白を示す説明を始めた。

「門番は、貞郁殿と一緒にいた高貴な女性は門柱にもたれていた、と証言しました。ならば、そこに指が触れた跡があるはずです」

「ゆ、指が触れたぐらいで痕跡が残るはずがない」

反論する菊麗は明らかに狼狽している。

「皇太子妃候補は皆、皇太子から贈られた半島由来の白粉を持っています。秀女選びの時、白粉を下賜されなかった私以外の者は皆、顔だけでなく、首筋や手指にもそれを塗っていました」

その白粉が作られる半島は地理的にカナールから近い。だから、カナールの王族にとってはそれほど珍しいものではなかった。ただ、カディナは体質的にその白粉が合わない。少しでも触れようものなら発疹がでたり、息苦しくなったりする。だから、オシロイバナの種からとった白粉しかつかったことがなかった。

「砂漠の向こうから簫蘭に入ってくる白粉には鉛が入っているのです」

カディナはオアシスで休憩する商人たちが運ぶ商品の性質にも詳しい。

「鉛は鉄の腐食を促します。だから、貞郁殿下と一緒にいた女の指の跡が鉄板に残っているはず。ひょっとしたら、指の腹の紋までわかるかも知れません」

カディナは顔色を失った菊麗との距離を詰めながらしゃべり続けた。

「そこに白粉がついていたら、北門にいたのは私ではない。何の手違いか、私は白粉をもらっていないので」

明玉から下賜品の話を聞いた時は、紘陽がカディナのそんな些細なことまで覚えているという確信はなく、本当に単なる手違いだろうと思っていたのだが……。

「つまり、そこに指の痕が残っていれば、ここに貞郁殿下と一緒に立っていたのは私ではない」

断言するカディナの迫力に圧倒されたかのように、菊麗は腰を抜かしたかのように座り込んだ。

すぐに北門の門柱が調べられ、そこに残っていた指の痕跡と菊麗の指の紋が比べられた。

結果、貞郁を惑わす文を送り、密会していたのは菊麗ということになった。

疑惑が晴れたカディナは、泯美と明玉を雲水殿に連れ帰った。

そして、ふたりを自分の寝台に座らせてやり、麻縄で縛られていた痕を清め、手当てしてやった。

「王女様。手当ては自分たちでやりますから」

泯美は恐縮し、明玉はどこか複雑そうな顔をしている。

「よい、よい。おとなしく座っておれ」

　ふたりの足首と手首に包帯を巻き終わったカディナは、茶の用意もした。

「さあ。ふたりとも香草の茶を飲んで、今宵はゆっくり眠るがよい」

「王女様……。私のような下賤の者の命を助けてくださっただけでもありがたいことですのに……」

　律儀者の涙美は涙を流していた。明玉は黙ってうつむき、唇を噛んでいる。これまでのこともあり、そう簡単に素直にはなれないだろう。だが……。

「今回のことは明玉のお手柄なのだ」

　カディナがそう打ち明けると、ふたりはきょとんとした顔になった。

「明玉が他の候補の下賜品の中には半島から献上された白粉があった、と言っていたのを思い出したのだ。礼を言うぞ、明玉」

　明玉はこの寝殿に来て初めて、少し気恥ずかしそうな顔をした。

「よい表情だ。ずっとその顔をしていておくれ。表情が顔になじめばきっと、運の拓けるよい人相になる」

　カディナが笑うと、明玉は困惑したようにすぐに笑顔を引っ込めた。

　その夜、カディナは余暉を伴い、歓富殿に忍び込んだ。

謀反の話が不貞の話にすり替えられたことに、まだ腹落ちしていないからだった。

広間の宝座には皇后が座り、菊麗は床に立っている。

「皇后様。どうか、お助けください。わたくしは皇后様からの文を貞郁様にお届けしただけではありませんか。そうすれば父を更に上の役職に取り立てるとおっしゃったから……」

皇后に命乞いをする菊麗に、皇后は冷たく言い放った。

「この件は誰かが犠牲にならなければ終わらぬ。まさか、私に死ねと言うのか？」

「そ、そんな……。皇后様！　わたくしは不貞など働いてなどおりませぬ！　ただ、皇后様からお預かりした文を貞郁様に届けただけ！　不貞にも謀反にも無関係です！」

皇后に謀られた、と菊麗は泣き叫んだ。

皇后が黙って手を動かすと、年配の宮女が菊麗に歩みより、彼女の両頬の後ろをぎゅっと押した。

「あが……はがが……」

菊麗は顎を外され、喋れなくなっているようだ。痛みに顔をゆがめて床に膝をついた菊麗に、皇后が近づき、「謀反のことが露見すれば、お前の一族は終わりだ。不貞ということにすれば、お前の命ひとつで済む」と囁く。

──つまり、皇后が謀反を企んでいた……。おそらく、皇后の実家の兵を動かして玄玲帝と紘陽を討ち果たし、貞郁を皇帝にするために。

その夜、菊麗は白絹の布で首を吊った。

皇太子妃に一番近いと思われていた将軍の娘の死に顔は、無念そうにゆがんでいたという。

第三章

堕胎

1.

李菊麗の死により、皇太子妃の座は空席のままだ。

後宮ではカディナが貞節を誘惑し、その罪を菊麗にかぶせた、ともっぱらの噂だ。菊麗の死により、貴妃に任じられているカディナと顧琉璃が皇太子妃に最も近くなったという事実と、これまで流されてきた悪い流言のせいだ。

そんなある日、皇后が主催する花見の宴が開かれた。ちょうど、牡丹《ぼたん》が満開で、竜胆《りんどう》も見ごろだ。会場となった庭園には二十名を超える玄玲帝の妃嬪たち、そして九名になった皇太子妃候補たちの姿がある。まさに百花繚乱の華やかさだった。

皇后よりさらに大きな日傘の下にいるのは楚春鈴亡きあと、玄玲帝の寵愛を独り占めにしている、魅音《ミオン》だった。

魅音は北方の属国から献上された美女で、皇太子妃候補たちと同じぐらいに若い。衣も髪形も独特で美しく、肉感的な体形をしている。

魅音は数カ月前に懐妊が判明して、すぐに皇貴妃に昇格した。皇貴妃は皇后に次ぐ位であり、皇后と同じ待遇を許されている。

彼女が気まぐれに動くたび、日傘をもつ宮女と椅子を抱える宦官がつき従う。そして、その周りには多くの妃嬪たちが群がっていた。今が盛りの権勢のおこぼれにあずかろうとするかのように。

――あさましいものだ。

呆れたカディナは視線を菓子が盛られた器の方に移し、馬蹄糕《マータイゴウ》に手をのばした。ほんのりと甘い、ツリガネ草で作ったこの菓子は砂漠では見かけることがなかったが、皇宮では珍しくない。

人目もはばからず、菓子を頬張った時、誰かに声をかけられた。

「あなたがカディナ王女でしょう？　噂は色々聞いているわ」

魅音皇貴妃だった。きっとろくでもない噂に決まっているが、「感謝いたします」と頭をさげる。

「そうね。私はつまらない噂なんて鵜呑みにしないし、ましてや広めたりもしないから、感謝されようかしら」

面白いことを言う妃嬪だ。カディナは口の中の菓子を咀嚼《そしゃく》しながら、魅音の顔をじっと見た。

魅音の額はやや長く、前髪の生え際に丸みがある。観相学に照らすと、行動が直感的でありながら、柔軟な性格が見てとれる。そして、眉が短く目が大きい。天真爛漫な女性だとわかった。

――たぶん、私と相性がいい。

魅音も同じことを感じているのか、人懐っこく笑った。

「なんだか、あなたとは気が合いそうだわ。今度、私の寝殿に遊びにきてちょうだい」

「身に余る光栄にございます」

かしこまって頭をさげた時、玄玲帝が目の前に現れた。

「魅音。花は寝殿に届けさせるゆえ、おとなしく部屋で養生せよ。歩き回ってつまずいたりしたら大変であろう」

玄玲帝に子ができたのは五年ぶりだと聞く。生まれる前から可愛くて仕方がない、といった様子だ。

「だって、ひとりで部屋にいても退屈なんですもの」

「そんなことを言わずに、安静にせよ。あと数カ月の辛抱ではないか」

夫というよりは娘を猫かわいがりする父親のようだ。

「わかった。そのかわり……」

魅音が上目遣いに玄玲帝を見て悪戯っぽく笑う。同性でも見惚れてしまいそうな妖艶さだ。

「カディナ王女を借りてもいいでしょ？」

魅音が玄玲帝に甘えるように囁く。

「いいとも。王女を連れて行きなさい。そのかわり、部屋でおとなしくしているのだぞ?」

「はい」

素直に返事をして、今度はあどけない少女のように微笑む魅音に、玄玲帝はでれでれと鼻の下をのばしている。

「では、参りましょ」

魅音にすっと腕をとられ、カディナはそのまま魅音の住む月和宮《ユエフワ》に連れていかれた。

本当に自由奔放だ。そして、皇帝を手のひらの上で転がしている。

――寒い……。

不意に悪寒を感じ、なんとなく振り返ると、皇后が射るような目で魅音を見ていた。

月和宮は通りから見たことはあったが、門より中に入るのは初めてだった。

「わ。広い……」

敷地も寝殿も、皇后の住む歓富殿と同じぐらい大きく、中は贅沢な調度品が飾られている。

「ねえ、王女。奶茶《ナイチヤ》は飲める?」

壁にかけられた美しい絵画に目を奪われているカディナに、魅音が尋ねる。

「奶茶？」

初めて聞く名前をオウム返しに聞き返すと、魅音はにっこりと笑った。

「私の生まれ育った国ではね、発酵させた茶葉に温めた牛や山羊の乳を加えて飲むのよ」

「茶に家畜の乳を入れるの？　どんな味か想像がつかない」

だが、好奇心旺盛なカディナは魅音の侍女が奶茶を淹れる様子をじっと眺める。魅音と同じような民族色の強い衣を着た侍女が小さな炉の上に小鍋を載せて白い液体を煮立たせていた。

「王女の故国はどんなところ？」

「どうぞ、カディナとお呼びください」

「では、私のことも名前で、魅音と呼んで。それに、私にはそんな風にへりくだった言葉を使わないでちょうだい」

ふたりが互いの生まれ故郷の話をしているうちに、柑橘の香りのする茶ができあがった。

食卓の上には既に果物と木の実、月餅が置かれている。

「さあ、召し上がれ」

湯呑に口をつけると、想像したような生臭い匂いはせず、茶葉のかぐわしい香りがする。

「まろやかで美味しい……」

いつも飲んでいる茶よりも、口当たりが柔らかい。

「あははは」

魅音は愉快そうに声をたてて笑った。

「え？　なに？」

急に笑い出した魅音を不思議に思った。

「ふふふ。この皇宮で奶茶を飲んだことのない妃嬪は、すすめても誰も飲みたがらなかった。なのに、カディナは平気で飲んだ。それが愉快なの」

「知らないものは試してみなければ、その良し悪しはわからないでしょ？」

思ったままを伝えると、魅音は本当にうれしそうに笑った。

「カディナ。この皇宮で、本音で話せそうなのはあなただけだわ。私の友になってくれない？」

「本当に？　私も同じことを考えていたところよ」

意気投合したふたりは、それ以来、互いの寝殿を行き来するようになった。

カディナと魅音が絆を深めるようになって三カ月ほどが経った。

その日は朝から皇宮に粉雪が舞っていた。

カディナの指示で、間もなく臨月を迎える魅音に滋養のつくものを届けに行った泯美が、泣きながら帰ってきた。

「カディナ様！　カディナ様！　大変です！　魅音様が……！」

カディナの顔を見た泯美が絶句したまま、泣き崩れる。

その様子は尋常ではない。

「泯美。何があったのだ！」

その肩をゆすると、泯美は嗚咽で声を途切れさせながら報告した。

「魅音様の……魅音様のお子が……流れてしまいました……」

「なに!?」

カディナも愕然として床に両膝を落とす。

「しかも、侍医が『出血が多く、母体も危うい』と。魅音様も瀕死の状態だそうです」

「そんな……！」

昨日まで一緒に茶を飲み、花や絵を愛でていたのに……。

カディナは急いで外套を羽織り、月和宮へと向かった。

足許は雪でぬかるみ、足先はしびれるように冷たい。が、そんなことを気にしてはいられず、小走りに魅音の許へと急いだ。

他の妃嬪たちは誰も見舞いに来ていなかった。

玄玲帝の寵愛を受け、王子を生むかもしれないと目されていた魅音の周りには多くの女たちが群がっていた。だが、流産したと聞いた途端に手のひらを返したように誰も寄りつかない。

閑散とした寝所の様子にカディナはやるせない気持ちになる。

「魅音……」

カディナが寝台の脇に寄り、声をかけると、魅音は微かに睫毛を震わせ、薄く目を開けた。

「魅音、大丈夫なの？」

「カディナ……。どうしたらよいの？　皇帝陛下と私の子が……消えてしまったわ……」

うつろな表情でそれだけ言って涙を流した魅音は、再び目を閉じた。

「今は眠って。気力と体力を養うのよ」

――昨日まではつらつとして食欲もあった魅音が、今朝になって急に体調を崩すのは不自然だ。

妊娠したばかりの不安定な時期ならあり得るかも知れないが、臨月直前に流産するなどというのはあまり聞いたことがなかった。違和感しかない。

だが、寝台の横におかれているたらいの中には、血まみれの布が大量に入っており、流産は現実のようだ。

——それにしても、こんなに出血するとは……。

カディナは魅音が急変した原因になる何かがあるのではないか、と寝所を見回す。が、それらしきものはない。

ただ、知っている香りが漂っているような気がした。確かに嗅いだことのある匂いなのだが、いつどこで匂ったものなのか思い出せない。

その時だった。

「皇帝陛下のおなり～」

不意に静寂が破られ、寝殿に太監の声が響いた。

それを聞いて、その匂いがいつも玄玲帝の側にいる皇后の残り香だったことに気づいた。だが、皇后がここに来たという確証はなく、むやみに口にできる話ではない。

やがて、魅音の寝所に侍医や侍従を引き連れた玄玲帝が姿を見せた。

カディナは部屋の脇へ退き、拝礼した。が、玄玲帝はカディナのことなど目に入らない様子で、魅音の横たわる寝台へ走り寄る。

「魅音……。魅音……。どうしてこのようなことに……」

声を震わせる皇帝に、魅音の侍女が説明する。

「昨日、お休みになるまではこれといって変わったことはありませんでした。ただ、今朝、安胎薬を飲まれたあと、急に倒れられ……。王子が流れてしまいました……」

玄玲帝は「王子だったのか……！」と無念そうに呟く。

「その安胎薬とは、侍医が処方したものなのか」

玄玲帝に尋ねられた侍医が、ぶるぶると首を振った。

「いいえ。魅音皇貴妃のお子はお腹の中で順調に育っておりましたゆえ、わたくしは何も処方しておりません」

「では、他に誰が……」

いぶかる皇帝に応じるように、侍女がカディナを指さす。

「カディナ王女の側仕えの者が持参したものにございます」

確かに、二カ月ほど前、食欲がなかった魅音に、カナールでよく用いられる安胎薬を届けさせた。

「そなたが？」

玄玲帝に疑惑の目で見られたが、カナールの安胎薬にはそれほど強い作用はない。

「私が魅音皇貴妃に渡した薬は、食欲増進に効き目があるとしてカナールでは子供でも飲んでいる薬湯にございます」

その証拠にカディナ自身も昨日、ここで魅音皇貴妃と一緒にその薬湯を飲んだ、と釈明したが、玄玲帝は聞き入れなかった。

「カディナ王女を律令府に連れて行き、尋問させせよ」

二人の衛士に挟まれ、カディナは魅音の寝所から連れ出された。

いつも一緒に奶茶を楽しんだ異国情緒のある部屋を引っ張られるようにして通り抜けた時、軽い違和感を覚えた。いつもと居間の様子が違うような気がしたのだ。

しかし、すぐに月和宮から連れ出されてしまい、部屋の中の何が違うのか、その時にはわからなかった。

2.

カディナ王女が投獄されたと泯美が知ったのは、それから半刻ほど経ってからのことだ。

「余暉……。私はどうすれば……」

泣きそうになる泯美を見て、悪い報せを持ってきた宦官は思案顔で腕組みをする。

「今、カディナ王女は皇太子妃の有力候補だ。普通なら律令府で尋問されることはあっても、投獄されることはない。それぐらい玄玲帝は怒っているということだ。さすがに拷問されるようなことはないだろうが、水や食事を与えられずに弱ったところを自白させられる可能性はある」

「そんな……」

どうすればいいのか、自分にできることはないのか、今すぐにでもカディナ本人に聞きたい。

「王女様に会うことはできないの？」

「私は前回、お前を助けるために牢番たちに眠り薬入りの差し入れを持ち込んだ。だから、顔を覚えられている可能性が高い。二度目は難しいかも知れぬ」

「じゃあ、私が……」

自信がないままに、そう言いかけた時、明玉が現れた。顔の火傷がすっかり癒え、もとの美貌を取り戻した明玉は、菓子を入れるための漆塗りの桶を持っている。

「お嬢様？」

「一緒に行ってあげてもいいけど」

「本当ですか？」

「でも、あんたのためじゃないわ。王女には顔の傷を治してもらった借りがあるからよ」

照れ臭そうにそう言った明玉は、ツンとそっぽを向く。

これまでの彼女なら借りを返すために、牢番に薬を盛るような危険は冒さないはずだ。

「ありがとう、明玉」

初めて彼女に親しみを覚え、「お嬢様」ではなく、「明玉」と呼んだ。明玉はかつて実家の奴婢だった娘に名前で呼ばれても、怒る様子もない。カディナが言っていた通り、環境が彼女を利己的な性格にしていただけで、本来は善人なのかも知れない。

泯美は心強い味方を得たような気持ちで、明玉と一緒に雲水殿を出た。

ふたりが律令府の奥にある牢へ入ると、三人の兵士が賭け札に興じていた。この時間、誰かが来る予定はなかったのか、三人は慌てた様子で札や金を片付ける。

「なんだ、明玉か。脅かすなよ」

どうやら律令府の兵士と顔見しりのようだ。

「これは皇后様からの差し入れよ」

それもよくあることなのか、兵士たちはいぶかることなく、いろめきたつ。

「ちょっと中に入ってもいいかしら？」

「ああ。手短にな」

そう言いながらも、兵士たちはもう彼女が持参した御馳走に夢中で、後ろに付き添っている泯美には目もくれない。

明玉が泯美に目配せをして、一緒に奥に続く通路を進みはじめる。

「王女様……！」

カディナは質素な白い衣を着せられ、何もない板の間に座っていた。寒さのせいか、赤くなった素足が痛々しい。

「王女様。おっしゃってください。私たちは何をすればよいのですか？」

泯美は柵の間から手をのばしながら聞いた。

明玉は通路に立ったまま入口の方を警戒し、見張っている。

「余暉に伝えよ。魅音の寝所に入った時、皇后が愛用している伽羅《きやら》の香りがした。皇后が魅音の寝所に入った形跡がどこかにあるはずだ。皇后が堕胎をうながすような薬を盛ったはず。それが何か調べよ、と」

「わかりました。他に何かできることはありませんか？」

王女は一瞬、考えるような顔をしてからぽつりと答えた。

「腹が減った」

「は？」

この状況で空腹を訴えられるとは思わなかった。二刻ほど前に朝餉を食べたばかりだ。

「何も持って来なかったのか?」

「はい。見張りの兵に渡した眠り薬入りの食事以外は」

「なんと気が利かぬ。私が空腹に負けて、身に覚えのない罪を認めてしまったら、どうするつもりだ?」

「そ、それは……」

まさか、食べ物のことで責められるとは思っていなかった泯美はしどろもどろになった。

「もうよい。それから、紘陽に文を渡して今夜ここへ来るよう伝えよ」

「皇太子殿下にですか?」

聞き返すとカディナは深く頷いた。

「紘陽にも頼みたいことがあるのだ」

「わかりました。明玉に文を書いてもらいます」

読み書きができない自分を恥じながら、正直に言った。

「私の文机の引き出しに通行証があるゆえ、それを持っていくとよい」

「わかりました」

皇太子に渡す文の内容と通行証のことを頭に刻んだ。

「あと、紘陽に、ここへ来るときは干し肉を持参するよう伝えておくれ」

「干し肉……ですか？」

「日持ちがするゆえ」

王女は真顔だ。一体、いつまでここにいるつもりでいるのか……。

「わかりました」

文と干し肉。おかしな組み合わせだが、今はカディナの希望通りにやるしかない。

「では」

王女をこんなところにひとり置いていかなければならない。泯美は胸が痛み、後ろ髪をひかれる思いだった。悲嘆にくれる彼女の背中に、カディナが声をかけた。

「うむ。くれぐれも肉を忘れるでないぞ」

「……」

こんな状況で食べ物のことを念押しされ、泯美は首をかしげながらそこを離れた。空腹のあまり平常心を失っているのだろうか……。

律令府を出る時、牢番たちはまだ眠りこけていた。

そういえば、前回、余暉に牢獄から助け出された時も騒ぎにならなかった。こうして時々、眠り込んでいることを隠しているのだろうか。

呆れながら雲水殿に戻り、居間に残っていた余暉にカディナからの伝言を伝えた。

「カディナ様が魅音様の寝所に入った時、皇后陛下が愛用している伽羅の香りがしたそうなの。皇后陛下が月和宮で魅音様に堕胎薬を盛ったはずだと」

「なるほど。確かに魅音皇貴妃の子が生まれないことで皇后の身は更に安泰になる」

「それって、魅音皇貴妃が子供を産んでいたら、皇后陛下の地位が揺らぐということなの？　どうして？」

側室の子供の存在が皇后の権力を脅かすなんて、考えたこともなかった。

「皇帝は生まれなかった魅音皇貴妃の子を世継ぎに望み、皇后は養子の貞郁を次期皇帝に据えようと画策している」

「どうして？　紘陽様という立派な皇太子殿下がいるのに？」

余暉は少し複雑そうな表情になった。

「この国では適当な理由をつけて皇太子が廃位されることは珍しくない」

「そんな……」

廃位、という言葉が泯美には衝撃的だった。

「とにかく、知り合いの薬師に探らせてみる。もしかしたら、皇后の宮女が出入りしていたかも知れない」

「お願いよ。一刻も早く王女を牢獄から出してあげないと」

あの干し肉へのこだわり方を見たせいか、空腹で錯乱するかも知れない、と不安になる。

出ていく余暉の背中を見送った時、明玉が「書けたわ。これを殿下に届けて」と封筒を差し出した。

涙美はすぐに雲水殿を出て、人目につかないよう東宮の裏口から中へ入った。庭先には側仕えらしき宦官や宮女もいたが、誰かの手に託すのは躊躇われる。

「あの……」

年配の宦官を呼び止め、皇太子への目通りを願い出た。案の定、怪訝そうな顔をされる。位の低い宮女が次の皇帝に面会するなど恐れ多いことなのだ、とその表情に思い知らされる。

その時、カディナから持参するように言われていた通行証のことを思い出した。

「あ、あの。皇太子殿下から頼まれて来たものです」

その通行証には相当な威力があるらしく、「しばらくここで待たれよ」と宦官は東宮殿に入っていった。

「こちらへ参られよ」

ほどなくして、中に通された。

紘陽は広間で待っていた。その端正な姿にみとれていると、彼は片手を挙げ、人払いを命じる。

宦官の「皆さがれ」という号令で、広間には泯美と紘陽のふたりだけになった。

泯美はすぐさま跪き、震える両手で文を差し出した。紘陽の姿が神々しく見え、直視できなかった。

「お前はこの文を読んだか？」

紘陽の質問が頭上から降ってきた。それでも顔をあげることができない。

「い、いいえ。私は字が読めませぬ。ただ、カディナ様がおっしゃったことは一字一句、胸に刻んでおります」

文字が読めないことを白状せざるを得ず、顔が熱くなる。

羞恥心で身の置き場がない思いをしている泯美に紘陽が優しい声で言った。

「そうか。カディナはよき腹心を得たのだな」

その言葉に心を打たれ、ようやく視線をあげることができた。紘陽は花がほころぶように微笑んでいた。

「カディナが私に会いたいと言っている。四つの鐘が鳴ったら、律令府に参る。それまでにここに書いてある……干し肉……？　を用意してくれぬか？　東宮の者に頼むと、母上に知られてしまうゆえ」

母上とは皇后のことだろう。血は繋がっていなくても、玄玲帝の正室である静思皇后はすべての王子から「母上」と呼ばれている。

「わかりました。戌の刻までに届けます」

すぐに東宮を辞して、御膳房へ立ち寄り、カディナに頼まれた干し肉を分けてもらって雲水殿にもどった。

それを見計らったように、衛士が駆け込んでくる。

「お前が泯美か？」

「は、はい……」

悪い予感がした泯美は明玉に目配せし、御膳房から持ち帰った風呂敷包みと通行証を床に置いた。

「皇帝陛下より、安胎薬の出どころから魅音皇貴妃の手に渡るまでに介した者全員を尋問せよ、とのご命令だ」

そのまま泯美は律令府の中にある慎司刑に連れていかれた。

そこは薄暗い部屋だった。水がしみ出している石造りの壁には、恐ろしい拷問道具がかけられている。部屋の隅に焚《た》かれている松明には焼きごてが見える。

今回ばかりは生きて戻れないかも知れない、と泯美は覚悟した。

3.

微かに夜四つの鐘が聞こえた。

カディナは背中を牢の壁にあずけ、自分の身の潔白を証明する方法を考えていた。

鐘の音に交じって、誰かの声がする。

それからしばらくして、牢番の案内で紘陽と二名の護衛が姿を現した。

「開けよ」

紘陽の命令に、牢番は一瞬、躊躇するような顔をした。が、皇太子には逆らえない、といった様子で錠前に鍵をさす。

「皆、さがっておれ」

そう言い置いて扉をくぐり、カディナのいる牢の中に入ってくる皇太子を見て、護衛のふたりも目を丸くしていた。

「会いに来てくれとは言ったが、牢の中まで入って来なくてもよい」

口ではそう言いながらも、隣に腰を下ろした彼の腕が衣越しに触れ、少しだけ気持ちが落ち着く。

「それで。どうすればお前にかけられている嫌疑を晴らせるのだ?」

その言葉で、紘陽が自分のことを信じてくれているのだと確信した。

「私は魅音皇貴妃の部屋をよく訪れていたのだが、流産の見舞いに行った時、皇貴妃の部屋の様子がいつもと違うように感じた」

「何が違ったのだ？」

「最初はわからなかった。けれど、ここに投獄されて記憶をたどるうちに思い出した。皇貴妃が大切に飾っていた絵画がなくなっていたのだ」

「絵画……。それなら私も一度だけ見たことがある。父上が魅音皇貴妃に贈るのだと言って、お抱えの絵師に描かせていた山水図だな？」

やはり、ただの風景画ではなかったようだ。

「そうだ。その絵をたぶん、皇后が持ち去った」

「何のために……」

「それがわからないから探ってほしいのだ」

わかった、と立ち上がった紘陽が、ふと思い出したように袂から筍の皮で包んだものを取り出した。

「干し肉だ。こんなところにいても食欲があるとは大したものだ」

カディナがすぐさま包みを開けて中のひと切れをつまんで、牢の扉や柱にこすりつけはじめるのを見て、紘陽は唖然とした顔になる。

「一体なにを……」

「もし、私の潔白を証明することができなかったら、この柵をネズミにかじらせてでも、ここを出て泯美を助ける」

「遠大な計画であるな」

呆れたように笑った紘陽がカディナの傍らを離れ、牢の入口をくぐる。

「私がそなたの濡れ衣を晴らすゆえ、ここでおとなしく待っておれ。干し肉はネズミにやるのではなく、そなたが食べて滋養をつけよ。牢番にも丁重に扱うように言っておく」

そう言い残し、紘陽は去っていった。

だが、今ごろ泯美は食事も与えられず、鞭打たれているかも知れない。想像するだけで食欲はなくなり、居ても立ってもいられない。泯美はカディナへの忠誠心からどんな責め苦にも必死に耐えるに決まっているから。

眠ることもできなかった。じっと膝をかかえ、紘陽の言うように体力を維持するためだけに干し肉をかじる。

夜半になって、どこから忍び込んだのか、余暉が獄舎に現れた。

「何かわかったか？」

柵の向こうからたずねるカディナにうなずいた彼は声を潜めて報告した。

「やはり、皇后の宮女が薬師のところへ行って、魅音皇貴妃に渡す薬湯を煎じさせていたようです」

「ですが、その薬師はすでに暇をもらい、皇宮を出たあとで……。何を処方していたのかはわかりません」

「ふん。大金をもらってほくほく顔で皇宮を去ったのだろうが、今ごろ、どこぞの山奥で屍《しかばね》になっているに違いない。あの皇后が秘密を知る者をそう簡単に解放するはずがない」

カディナは皮肉を言ってから「それで？」と、更に情報を求めた。

「そのあと、月和宮へおもむき、魅音皇貴妃に気付け薬を嗅がせたところ、意識を取り戻し『皇后の侍女が持参したお茶を飲んでから具合が悪くなった』と証言しました」

けれど、またすぐに意識を失ってしまい、それ以上は聞けなかったという。つまり、皇后が魅音に何かを飲ませたのは間違いないが、その何かがわからない。

「薬師の立ち回り先を全て調べよ」

カディナは厳しい口調で命じたあと恐る恐るたずねた。

「泯美はどうしている？」

すると、余暉は表情を曇らせた。

「食事も水も与えられず、ひどい拷問に耐えています」

「……」

想像していたものの、実際に聞かされると胸が潰れる。

「もう我慢ならん。ここから出る。お前ならこの錠前を壊せるであろう？」

カディナはすっと立ち上がった。

「いや、無理です。獄卒がいます」

「は？　お前は入って来られたのに、なぜ私は出ることができぬのだ？　お前が忍んできたところから私も出ればよかろう」

「皇太子殿下が、まだ王女を牢から出してはならぬ、何をするかわからぬから、と」

「はあ？」

カディナが唖然としている隙に余暉が牢を離れ、立ち去ろうとする。

「待て！　私がこの手で泯美を助ける！」

「そのように無謀なことをおっしゃるから、皇太子殿下が心配なさるのです」

言い返す言葉が見つからず、ぐっと怒りを呑み込む。

「今は殿下と私にお任せを」

「待て！　……ならば、一刻も早く証拠を見つけよ。早く泯美を救ってやるのだ」

はい、と会釈をするように頭をさげ、余暉は暗がりに消えた。

今は紘陽と余暉を信じて待つしかない。そう思いながらも、余暉が言った「ひどい拷問に耐えていますす」という言葉を思い出し、じりじりと焼かれるような焦燥を止められなかった。

――やはりここでじっとしていることなどできない。

4.

そうこうしているうちに、亥の刻になった。

一日の最後の見回りが来る時間だ。複数の足音と雑談の声が聞こえる。

「く、苦しい……」

床に伏せたカディナは胸の辺りを押さえ、身を震わせた。

「ど、どうされましたか？」

「どこか痛むのですか？」

牢番たちがうろたえているところをみると、自分はまだ罪人だと断定されていないようだ。紘陽が、丁重に扱うように、と命じた効果もあるのだろう、とカディナは密かにほくそ笑む。

「み、水を……」

カディナが苦悶の表情を作ってうったえると、牢番のひとりが「とって来よう」と、来た方向へ引き返した。

「ううう……」

更に演技を続けると、慌てた様子で牢番が錠前に鍵をさす。相手がか弱い王女だと思って油断しているようだ。

扉を開けて牢内に入ってきた牢番が「しっかりなさってください」とカディナを抱き起こした。その人のよさそうな牢番の目を見てカディナが訴えた。

「苦し……くない」

「は？」

間抜けな顔になった牢番から身を離し、みぞおちを思い切り殴ると、男は驚いた顔のまま失神した。

急いで、牢番の腰にぶら下がっていた鍵を奪い、外へ出てから丁重に鍵をかける。だが、入口に何人の牢番がいるのかわからない。水をとりにいった者もいるはずだ。

――それでも行くしかない。

通路を少し進むと、牢番らしき男がひとり倒れていた。その手には湯呑が握られており、周囲には水がこぼれた跡がある。

たぶん、カディナに水をとってくると言った男だ。

――一体、なぜ……。

いぶかりながら、その体をまたいで入口に向かった。

「おや？」

入口にいるはずの兵がひとりもいない。

「カディナ王女、こちらへ」

余暉が待っていた。

「どうしてここに？」

「絶対、抜け出すと思っておりました」

そう答えながら何をごそごそやっているのかと見れば、地面に倒れている兵たちを縄で一か所にしばっている。

「お前、ひとりで五人を相手にしたのか？」

「牢番のひとりを買収して、事前に強めの酒を差し入れておきましたので」

「やるではないか」

ニッと口角をあげた余暉が倒れている兵全員を荒縄で縛り上げ、これでよし、と立ち上がる。

「で、このあとはどうすればよい？」

罪人が着る白装束は目立つため、カディナは余暉が持参した衣を羽織りながら尋ねた。

「まずは見つかりにくい場所へ身を隠しましょう」

「この皇宮の中にそんな場所があろうか？」

「取り急ぎ、東宮殿へ。王女が抜けだしたら連れてくるように、と紘陽殿下が」

――お見通しというわけだ。

ふたりは夜陰に紛れ、紘陽の寝殿へと急いだ。途中、何人かの宮女とすれ違ったが、特に不審な目で見られることはなかった。

東宮の入口にいた紘陽付きの太監は、紘陽の指示を受けているらしく、ふたりの顔を見てすぐに「こちらへ」と寝殿の中に案内してくれた。

暖かい部屋の中で紘陽の顔を見たせいか、カディナの口からホッと安堵の息がもれた。そんなカディナを気遣うように紘陽が彼女に手を貸し、背もたれのある長椅子に枕を置き、足をあげて座らせた。

「余暉。内院では何かわかったか？」

柔らかい椅子の上に横になると、緊張の糸が切れたような気分になる。が、早く犯人をつきとめて泯美を解放させなければ、という焦りは続いていた。

「皇后の側仕えの女に薬湯を渡していた薬師が使っていた薬缶に、五行草の搾りかすが残っていました」

「五行薬だと？」

五行草は血のめぐりを司る薬草と言われている。特に月のものが多い女人の止血薬として利用されることが多い。が、逆に子供を孕んでいる女人には悪い影響が出る。

「そんなものを飲まされたら……」

お腹の子が流れてしまうことは十分に考えられる。

「それで、魅音皇貴妃の様子はどうなのだ？　まだ眠っておるのか？」

その質問には紘陽が答えた。

「いや、皇貴妃は父上が先ほど見舞われた時に目を覚まされたそうだ」

「そうか！　意識を取り戻したのだな？」

カディナが喜んだのもつかの間、紘陽の口から思いもよらないことを伝えられた。

「意識を取り戻された皇貴妃は、子を失ったことを改めて認識して悲しみのあまり錯乱し、今もまだ乱心状態だとか」

「なんと憐れな……」

妃嬪の中で唯一の友だった皇貴妃の気持ちを思うと、平常心ではいられなかった。

横になったばかりの長椅子に身を起こし、床に足を下ろした。

「魅音皇貴妃に薬湯を届けた宮女を問い詰める」

怒りを抑えられないカディナに、今度は余暉がため息交じりに伝えた。

「そちらは先ほど私が行ってまいりました。が、薬師と通じていた宮女は井戸に身を投げ、亡くなった後でした」

余暉が言うには薬師が皇宮から出ていった時にはもう、その宮女も行方知れずだった。そして、つい二刻ほど前に遺体が発見され、井戸から引き上げられたのだという。

「口封じか……」

紘陽が唸るように呟いた。

「薬を盛った宮女の背後にいるのは皇后に間違いあるまい」

だが、証人は次々と葬られたあとだ。

「しかし、解せぬことがある」

カディナの心の中にはもやもやと晴れない霧のような疑問が残っている。

「皇后はなにゆえ、まだ生まれてもいない魅音皇貴妃の子を葬ろうとしたのだろうか」

玄玲帝には紘陽という皇太子と、王位継承権第二位の貞郁がいる。生まれてくるはずだった皇貴妃の子が王子であったとしても、継承順位は三番目だ。

「皇貴妃の子を殺すよりも……」

葬る優先順位としては紘陽の方が先なのではないか、と言いかけてカディナはその言葉を飲み込んだ。さすがに本人の前では言いにくい。

だが、紘陽自身もその理由をさぐっていたのか「その答えはここにある」と言って、壁にかけてあった額を覆う布をとった。

「これは……」

布で覆われていた絵は、魅音の部屋にあった山水画だった。

その絵を眺めている時、魅音はとても幸せそうな顔をしていた、あの山水画だ。

紘陽は絵に描かれていた作者名から絵師を探したのだという。

「この絵を描いた絵師は地下牢に閉じ込められていた」

「地下牢？　一体、誰が……どうして……。もしや、それも皇后が？」

「いや、描かせたのも、幽閉したのも父上だそうだ」

「皇帝陛下が？　なぜ？」

思わず問い詰めるように聞くと、紘陽がどこか寂しそうな顔で頷いてから続ける。

「絵師も描き切った後は幽閉されることを承知の上で描いたそうだ。地下牢で不自由なく好きなものを描いて過ごしていたが、家族にも会えない日々が辛い、とこぼしていた」

紘陽はその寂しさにつけこみ、『絵に込められた秘密を教えれば、数年のうちにお前を解放してやる』と約束し、この絵の秘密を教えてもらったという。

「この絵には仕掛けがあるのだ」

「仕掛け……とは？」

カディナが尋ねると、紘陽は意味ありげに笑い、「ここから先は関係者がいるところで説明しよう。顕長閣《けんちようかく》へ運べ」と再び絵に布をかけてから配下に命じた。

「では、参ろう」

紘陽に手をとられ、カディナは東宮殿を出た。紘陽と一緒なら、何があっても逃げ隠れしようとは思わない。恐ろしいほどの安心感に満たされていた。


玄玲帝は書斎で陳述書に目を通しておられる。そう太監に教えられた。皇帝が執務をするのは顕長閣という大きな宮殿だ。

紘陽とカディナのふたりが一緒に書斎へ入ると、傍らで皇后が擦る墨で玄玲帝が陳述書に回答を書き加えていた。

「父上、母上。ご健勝にあらせられ、心よりお祝い申し上げます」

紘陽がいかにも社交辞令のような抑揚のない挨拶をする。

「紘陽か。いかがした、このような時間に……」

そう言いながら顔をあげた玄玲帝の目がカディナをとらえ、怒りを露わにした。

「なぜ、お前がここにおるのだ！　魅音の子を殺した嫌疑のある者は牢にいるはずであろう！」

激高する皇帝に、紘陽が静かに返した。

「父上。このカディナ王女は私の妃となる者ゆえ、その潔白を証明しに参りました」

「なに？　王女が潔白？　それでは一体、誰が魅音をあんな目……」

玄玲帝はいぶかるように尋ねる。側に立っている皇后は眉ひとつ動かさなかった。

「まずは、こちらをご覧に」

紘陽が懐から手巾に包んだ五行草の煎じがらを差し出した。余暉が言っていた薬缶に残っていた薬草の残りかすだ。

「これは五行草です。これが、皇貴妃の子が流れた原因であり、カディナ王女が渡した安胎薬が原因ではありません。具合が悪くなったきっかけが、皇后の宮女が持参した薬湯であることは、皇貴妃自身の口から聞いております」

「私はそのようなものを魅音に届けさせた覚えはない！」

すぐさま皇后が否定した。

「誰が命じた、という話はしておりません。堕胎の原因が王女の届けさせた安胎薬ではなく、宮女が持参した薬湯であることを申し上げたまで」

「そのような奥歯にものが挟まったような言い方をされると、あたかも私に嫌疑がかかっているようではないか。そもそも、なぜ私が魅音を消さねばならぬのだ」

反論する皇后の顔を見て、紘陽はふっと笑った。

「母上がどうしても自分には動機がない、とおっしゃるのであれば、動機はある、ということをご説明しましょう」

紘陽は配下に運ばせた絵をこちらに向けさせた。

「これは父上が魅音皇貴妃のために描かせた山水画です」

そう前置きをしたあと、紘陽は燭台の火を絵に近づけた。

「蠟燭の火でこの角度から照らすと……」

下から何か文字のようなものが浮き上がってくる。

それを知っているかのように、皇后はいまいましそうな顔をして、目を背ける。

カディナはそこに書かれている文字を読んで絶句した。

「こ、これは……」

そこには、『皇貴妃魅音が産んだ子が男子であれば、その子が十歳になった折に現皇太子を廃位し、立太子させる』と書いてあり、正式な聖文であることを意味する玉《ぎょく》璽《じ》が押されていた。

「そんな……」

玄玲帝は魅音を愛するあまり、まだ生まれてもいない魅音の子に、皇位を継がせたいと思っていたのだ。――紘陽を廃してまで……。

皇后は養子にした貞郁を溺愛し、玄玲帝は寵愛する妃嬪のためなら同じ実子である紘陽の地位を奪うこともいとわない。

カディナは初めて、皇宮で暮らす紘陽の孤独を痛感した。

「コウ……」

涙が込み上げるカディナの手をぎゅっと握ったまま紘陽が、毅然と言い放った。

「誰が魅音皇貴妃に何をしたか。それについて言及するつもりはありません」

実際、証拠も証人もいないこの状況では、皇后が真犯人だと決めつけることは難しい。

「ただ、カディナ王女の嫌疑は晴れたので、彼女の腹心である宮女の解放をお願いしたい」

皇后は苦々しそうな顔をしている。玄玲帝は紘陽ではなく、皇后を見ていた。その冷酷さにおののくような目で。

玄玲帝の許しを得て、カディナは泯美を律令府に迎えに行った。

「泯美！」

ひと足先に余暉が側にいて、すでに泯美を縛りつけていた縄を解いている。

「王女様！」

ふらつきながらカディナに抱き着く泯美の、その腕の力の弱々しさに泣けた。

「さあ、雲水殿に戻ろう」

歩けない泯美を余暉が背負い、雲水殿にもどった。

寝台に寝かして血のついた衣を脱がせると、鞭で打たれた皮膚が裂けている。手足に焼き鏝《ごて》を押しあてられたような痛々しい火傷の痕もあった。

「早く白状すればよいものを……」

口ではそう言いながらも、彼女の忠誠心に涙が溢れる。

明玉は無表情のまま傷口を洗うお湯をかえたり、新しい布を用意したりと甲斐甲斐しく働いた。

カディナは発熱した泯美を朝まで看病した。

「なぜ、奴婢のためにそこまで……」

明玉の問いにカディナは微笑んで「立場は関係ない。泯美もお前も私の大切な友なのだ」と答えた。

翌日には、後宮には、魅音が心を許したばかりにカディナに堕胎薬を盛られた、という心ない噂が広まっていた。

その噂を唯一否定できる魅音皇貴妃は子を失った悲しみで乱心し、回復の見込みはない。心を通わせた魅音の変わり果てた姿に、カディナは心を痛め、皇后の悪行に対する怒りをふつふつと募らせていた。

第四章

呪殺

1.

泯美の傷はなかなか癒えなかった。

カディナは紘陽に頼み、皇族を専門に診る侍医に泯美の治療をさせた。そして、余暉と交代で昼夜を問わず看病した。

明玉も泯美を気遣うようになった。皇后の冷酷さに懲りたのか、皇宮では自分などとるに足らない存在だと思い知ったのか、ひどく謙虚になったように見える。泯美の寝所に花を飾ったり、果物を食べさせたりしてくれる。

寝たきりで弱気になっている泯美は、明玉の看護に涙を流した。

「お嬢様。もったいのうございます」

「何を言うの。今は同じ、カディナ王女の側仕えではないの」

「お嬢様……」

涙ぐむ泯美に、明玉は「もう、そのように呼ばないで。明玉とお呼び」と笑う。

商家の下働きとして明玉とその家族に尽くしていた時は、歯牙にもかけられていなかった。

——こんな日がくるとは思わなかった。王女様は明玉の本質を見抜いていたのだろうか……。

手を尽くして自分を助けてくれたカディナに対する泯美の忠誠心は更に強まった。

雲水殿の人々の手厚い看病により、泯美の傷は徐々に癒えた。冬が去り、水がぬるむころには床上げをし、歩くこともできるようになった。

もう、紘陽が待医をともなってくることはなくなったが、彼が執務の合間にカディナの居所に立ち寄るのが日課となっていた。

ふたりは毎日、昼餉をともにし、差し障りのない話をする。ただ、それだけだったが、ふたりとも満足そうに笑っていた。

皇太子妃になることを拒否したカディナの微妙な立場に配慮しているのか、皇太子が夜に訪ねてくることはなかった。が、皇太子はカディナの側仕えの者たちにも気配りを見せる。

「泯美。これは辺境から献上された傷痕を治す薬だ。一度、試してみるがよい」

そんな風に給仕をする泯美だけでなく、余暉や明玉にも珍しい果物や上質な衣を与えた。

それがカディナの腹心である者たちへの褒美だということはわかっている。だが、泯美は紘陽の笑顔を見るたびに、心の奥に芽生えた恋心が膨らむのを抑えられなかった。

凱旋した紘陽を初めて見た時から心を奪われ、憧れていた。とはいえ、カディナが紘陽のことをずっと想っていたことを知ってからは、憧憬のこもった目で見ることははばかられた。

ひたすら、恋慕を押し殺して王女に仕える中、余暉が自分と同じように時折、不自然に紘陽から目をそらしていることに気づく。

——余暉、まさか、あんたも……。

宦官の中には同性に惹かれるようになる者がいると聞いたことがある。余暉もそうなのだろうか、と思わされるような態度だった。

そんな時、泯美は余暉と一緒に皇宮を出て、買い物へ行く機会を得た。カディナからの「魔除けの石を探してきてほしい」という求めに応じるためだった。それは白い花びらのような結晶が幾重にも固まったような石だという。

珍しい石や宝石を扱う店は、皇宮から二里ほどのところにある町のはずれにあると聞き、朝早くから出かけた。

その道すがら、余暉は泯美に金魚の形をしたべっ甲飴や、髪飾りを買ってくれた。

「余暉。あんた、思ったよりお金を持ってるのね。でも、無駄遣いしちゃだめよ？」

意外なほど金払いのいい余暉の将来が不安になったのだ。しかし、彼は、

「いいんだよ、これぐらい」

と、気にする様子もない。こんな時、余暉が何者なのかわからなくなる。彼には自分の知らない後ろ盾か何かがあるような気がした。

物見遊山で町を歩き、宝石や貴重な石を扱う商店を見つけてはのぞいてみた。

「ここにはないな」

余暉が首を振る。が、泯美にはカディナ王女が求めている石がどういうものなのか説明を聞いてもはっきりとはわからなかった。王女の言う『花のような石』を農村でも籥京でも見たことがない。が、余暉はその石を砂漠で見たことがあるという。

「余暉。砂漠に行ったことがあるの？」

砂漠は籥京から馬を駆っても、ひと月近くかかると聞いたことがある。それなのに、余暉は簡単に「あるよ」とだけ答えた。

そうやってお喋りしながらのぞいた四軒目の店で、カディナが求める石を見つけた。

「これ……かしら……」

初めて見る、透き通る白い花びらのような結晶だ。

「お目が高い。これは砂漠でしかとれない希少なものです。悪縁を絶ち、良縁を結ぶ石と言われています。それだけでなく、気を浄化し、運気をよい方向に導くことで、願いを叶えるとも」

「でも……」

確かに形状はめずらしいが、ただの石なのに夢のような効果をまくしたてられると、何だか胡散臭い。

そんな泯美の内心を見透かすように、店主は「ただし」と重々しい口調で言った。

「落として割ったり、何もしていないのに割れたりした時には不幸が訪れる」

「え？　そんな恐ろしいもの、もち帰れません」

泯美の発言に、店主がちっと舌打ちした直後、余暉が巾着から銀を出した。

「じゃあ、その一番大きいのをもらおう」

店主の顔がぱっと輝く。

「余暉。あんた、これを割れないようにもって帰らないといけないのよ？　責任重大よ？」

そんな泯美の心配をよそに、店主はホクホク顔で砂漠の石を紙で包み、余暉に渡した。

その所作は雑に見え、泯美は石が欠けるのではないか、と心配でおろおろした。

「そう簡単に割れやしないよ」

と笑う余暉は、以前にもその石に触ったことがあるような口ぶりだった。

「余暉、あんたって……」

どこから簫京に来たの？　と言いかけた涙美の言葉を遮るように、余暉が声をあげた。

「ああー。腹が減った。何か食べて帰ろう」

「いいけど。石が割れないように気をつけてよ」

涙美の忠告を聞いているのかいないのか、彼は安い油蕎麦を食べさせる露店の前を通りすぎ、少し奥まった場所にある高級そうな飯店に入っていく。

「あんた、ほんとに贅沢ね」

宦官の給金は知らないが、この店は自分たちに分不相応な気がした。その証拠に通された部屋で食事をしている客たちは皆、立派な身なりをした貴族階級の人々のように見える。

余暉は堂々と店の真ん中あたりに席をとるなり、慣れた様子で注文した。

「チンゲン菜とアワビの羹に、鶏とキヌガサタケの炒めもの、スズキの揚げもの、それに甘酒をふたつ」

「甘酒って……お酒まで飲むつもりなの？　大事なお使いの途中なのよ？」

涙美の小言にも耳を貸す様子がない。優雅に猪口を持ち上げる姿には、そこはかとなく高貴な趣さえある。

「余暉、あんた一体……」

何者なの？　と言いかけて口を閉ざす。それを聞いてしまうと彼がどこか遠くへ行ってしまうような漠然とした不安を感じていた。

ここでは自分ひとりが場違いな気がして、いたたまれず、余暉が頼んだ甘酒を続けざまに飲んでいた。

次々と供される料理を、余暉がとりわけ、泯美の前に置く。

「美味しい。皇宮の外でもこんな贅沢なものを食べている人たちがいるのね」

贅沢な料理と甘い酒。

半刻も経たないうちにすっかりほろ酔い気分になり、自分の生い立ちや皇宮でカディナ王女に出会うまでの孤独な日々について打ち明けていた。

余暉は憐れむ様子も同情する様子もなく、ただ静かにうなずいている。

更に酔いが回った泯美は、うっかり思っていることを口にしていた。

「余暉。あんた、紘陽殿下のことが好きなんでしょ？」

彼の猪口を握っている指がピクリと動いた。

「やっぱりね」

図星だ、とけらけら笑いながら彼を指さしていた。

「そうだよ。それがどうかしたか？」

余暉はいつの間にか、温厚そうな表情を引っ込め、仮面のように感情の読めない顔つきになっている。

　一気に酔いが醒めたような気分になった。

「ご、ごめんなさい。こんなこと言うなんて……」

「謝ることはない。本当のことだ」

　そう言うと余暉はいつもの柔和な顔にもどった。

「私はこれまで誰かを好きになったことがなかった。性別に関係なく。紘陽は私が初めて心を寄せた人間だ。けど……」

　言葉を途切れさせた後、彼は残りの甘酒を飲み干し、ひとつ息を吐いてからつづけた。

「けど、私にとっては紘陽への好意以上に、カディナ王女を守るという使命の方が大きい」

「使命？」

　──つまり、余暉は王女を守るために皇宮に入った、という意味なのだろうか？

　確か、王女の輿入れ前から皇宮にいたはずだが、と首をかしげる。

「泯美、お前も紘陽のことが好きなのだろう？」

「……」

　言い当てられ、顔に血がのぼるのを感じる。いつもなら何も言えなくなるか、否定するところだが、酔っていたせいで気が大きくなっていたのかも知れない。

「そうよ」

余暉の推察を肯定してしまった。

「でもね、私もあんたとおんなじ。カディナ様を守るためなら命だって投げ出せる。拷問にだって耐えられた。その気持ちの強さに比べたら、私の報われない恋心なんて塵みたいなもんよ」

勢いでまくしたてると、余暉はその綺麗な唇の両端をきゅっと引き上げ、右手を差し出す。

「私たちは同志だ」

「そうね。それも悪くないわ」

同志の誓いをたてるような気持ちで、余暉の手を握った。

2.

やがて、植物の芽吹く季節になった。

世の中は生命の息吹に満ちているというのに、玄玲帝は突然、体調を崩した。

皇宮の中にある祠堂だけでなく、簫蘭全土の寺院で祈りが捧げられた。しかし、一向に回復の兆しがない。

カディナも他の妃嬪たちとともに毎日、皇族が祈りを捧げる祠堂へ赴き、玄玲帝の長寿を願った。

紘陽を愛していない彼の父親のために……。

内心、カディナは複雑な気持ちだった。

紘陽は皇族の列の一番先頭に座り、熱心に祈っている。一日中……。自分を廃位しようとした父親のために。

ここ数日、言葉を交わしていない彼の心中は計り知れない。

その日も夜遅くまで祠堂で祈りを捧げたカディナは涙美と明玉を従え、提灯を片手に雲水殿への道を戻っていた。

このところ暖かい夜が続いていたが、今夜に限って背中が寒い。しかも、正殿に面するこの通りに入ってから急に肌寒くなったような気がする。

「おや?」

ふと、見ると、土塀の下の暗がりに月を眺める美しい白猫がちんまりと座っている。

「まあ、可愛らしい」

その猫に近寄ろうとする明玉の袖をつかみ、カディナが「待て」と引き留めた。

明玉が、はい、とうなずく。最近の明玉はカディナの言葉を素直にきくようになっていた。

「野良かも知れぬ。ひっかかれたり嚙みつかれたりしたら大変だ」

カディナは冗談を言うように笑ってみせたが、実はその猫にどこか違和感を覚えていたのだった。

『月を見上げる猫には気をつけよ』

カディナに観相学の手ほどきをした祖父の言葉がよみがえる。祖父は人相を読むだけでなく、故事にも詳しかった。その祖父がよく『化け猫は月を眺めて魔力を養う』と言っていたのだ。


その日の夜遅く、余暉が数日ぶりに雲水殿を訪れた。

いつものように泯美が茶を淹れたが、ふたりは目を合わすことすらせず、どこかぎこちない。

「なにかあったのか？」

泯美と喧嘩でもしたのか、という意味で聞いたのだが、泯美に気を取られている様子の余暉は、はっと自分がここに来た目的を思い出したように口を開く。

「ついさっき、百花園の中にある池から九匹の猫の死骸が入った檻が見つかったと聞いたので報告に」

「なに？　猫？」

祠堂の帰りに見た白猫を思い出す。

「九匹の猫は手足や首を食いちぎられたようになっていたそうです」

「だれかが蠱術を使った痕跡かもしれぬな……」

蠱術とは古より伝わる呪術の一種だ。

一般には毒虫や毒蛇、サソリなど、毒を持つ百種類の虫を同じ甕の中で飼育し、共食いさせ、最後まで残ったものを神霊として祀る。

そして、その毒を採取して飲食物に混ぜれば、毒にあたった人物に害を与えたり、操ったりすることができると言われている。この蠱毒を用いた呪術を蠱術という。

蠱毒の中でも最も呪力が強いものが猫鬼と言われている。霊力の強い猫同士を共食いさせて、生き残ったものがそう呼ばれる。

猫鬼はとりついた人間をとり殺すと共に、その人間の財貨を、呪術者のもとに運ぶと言われている。

――さきほど白猫が座っていた通りに足を踏み入れた瞬間、うすら寒い空気を感じた。

カディナはふたたび祠堂の近くまでおもむき、紘陽を呼びだした。

祠堂の裏にある物置に現れた紘陽は、連日の祈禱のせいか頬はこけ、顔色は悪くなっている。

カディナは周囲に誰もいないことを確認し、

「玄玲帝に猫鬼の呪いがかけられている可能性がある」

と告げた。

「猫鬼……？」

紘陽が眉をひそめる。

カディナは正殿の前に座って月を見上げていた白い猫のこと、百花園の池から引き上げられたという九匹の猫の死骸のこと、祖父から聞いた蟲術のことを話した。

「そういえば……。時々、父上の枕元に白い猫が座っていた」

しかも、その猫は紘陽を見て逃げるように皇后の寝殿の方へ向かっていったという。

「その猫はどこから連れてこられたの？」

「太監の話によれば、顧琉璃が拾ってきたのを見て玄玲帝が気に入ったとか」

顧琉璃……。皇后の姪があの猫を玄玲帝に渡した。

——他の妃嬪が産んだ子に王位を譲ろうとした玄玲帝を許せず呪っているのだろう

か。

その子は流れ、妃嬪も乱心している。しかし、若い娘を好む玄玲帝のことだ。またいつ、新しい王子が生まれるかわからない。

もし、その猫が猫鬼だったとしたら、玄玲帝が呪い殺されるのは時間の問題だ。

「カディナ。父上のこと、お前に任せたい」

それは意外な申し出だった。

「私は明朝、北の国境へ出征しなければならなくなったのだ」

「え？　こんな時に？　玄玲帝の命が風前の灯と言われているこの時期に、皇太子が自ら出征しなければならない状況なんて……」

カディナは首をひねる。

「北方の我が領土が踏み荒らされ、民が苦しめられているという報せが入った」

紘陽にしても苦渋の決断に違いない。

「わかった。この呪いは私が解いてみせる」

根拠もなく自信満々に返事をするカディナに紘陽は「無理はするな」と念を押すように言う。その言葉に素直にうなずいて見せたが、紘陽は信じていない目をしている。

「しばらく会えなくなるのね」

紘陽が寂しそうに言った。

「そうだな……」

カディナもため息交じりに返した。

「今宵、そなたの寝殿を訪ねる。よいな?」

その言い方はいつになく真剣で、カディナの左胸はドクンと脈打った。

「わ、わかった。待っている」

そのまま祠堂に戻る紘陽の後ろ姿が見えなくなるまで見送った。ひどく名残惜しかった。


今夜、紘陽がカディナの居所で過ごすと聞いた泯美と明玉は、競うようにしてカディナの湯あみの世話から寝所の準備までを念入りに行った。

「特別なことはしなくともよい」

口ではそう言いながらも、カディナはふたりのなすがままになっている。

薄く化粧をほどこされ、真新しい絹の寝間着を着せられて押し上げられるようにして寝台にあがり、じっとして紘陽を待つ。

だが、すぐに寝台に座っていることが我慢できなくなって、窓を開けて空を見上げた。

――赤い星が出ている……。

何とも言えない不安に襲われた時、寝所の扉が開く気配を感じた。振り向くことが恥ずかしく、夜空を見上げていると、背中から抱きしめられた。初めて深い口づけを交わし、そのまま寝台に運ばれ、肌を重ねる。

気恥ずかしさで睫毛を伏せると、紘陽の逞しい腕が視界に入った。そこには複数の深そうな傷痕が見える。

「こんなに傷を負って……」

指先でなぞると、彼が受けた痛みに共鳴するかのように、カディナの胸が痛む。

「後ろ盾のなかった私は、戦わなければ、この皇宮では生きていけなかったのだ」

他の王子よりも優秀かつ勇猛でなければ、世継ぎにはなれない。皇太子になれない王子に後ろ盾がなければ、あの皇后がどんな扱いをするか……。命を奪われていたかも知れない。

「本当はあのままカナールにいたかった。カディナの側に」

紘陽の長い睫毛が瞳に影を作る。

一緒にサソリを見つけに行こうと誘いにいった使用人部屋に彼の姿がなかった日のことを思い出した。

「お前が何も言わずに去って、本当に寂しかった。腹が立って、腹が立って、色々なものに八つ当たりした」

あの朝の喪失感を思い出すと、今でも涙が込み上げる。

「あの時は、どうしても秘密裡《り》に簫蘭へ戻らなければならなかったのだ」

紘陽はあの日の幼かった王女をなだめるようにカディナの髪をなで、辛そうに説明した。

「そもそも、お前はなぜカナールのような辺境へ来たのだ？」

みすぼらしい恰好をして行き倒れになっていた少年のことを、カディナは簫蘭の王子だとは思わなかった。

「玄玲帝の長子である私は皇后に命を狙われ、母に連れられて皇宮を出た。そして、あてもなく彷徨い、カナールの砂漠で倒れたのだ」

当時から誰かに追われている、という噂はあった。

その後、数年の間、カディナの父であるガンダール首長の庇護をうけたが、皇后は追っ手を放ち、執拗に紘陽を捜し続けていた。

追っ手がカナールで生きている紘陽を見つける前に、幼いころから彼を名君にするために教育していた大臣が彼を見つけた。このことを皇后に知られる前に、迅速に、かつ内密に帰国しなければならず、誰にも別れを告げる暇がなかったのだ、と紘陽は話した。

「私が簫蘭にもどった時、父の玄玲帝は皇后の一族に翻弄され、良識のある側近はほとんどいなくなっていた。そして、私を立太子しようとした者たちはことごとく皇后の策略により罪を着せられ、次々と粛清されていった」

あの時の私はあまりにも無力だった、そのせいで大勢の尊い命を失った、と紘陽は瞳を潤ませる。

「辛い思いをしながら今の地位を得て、守っているのだな」

あんなに痩せて弱々しかった者が……。

「いくら自分の勇敢さを示すためとはいえ、戦に赴くのは恐ろしくはなかったか？」

「最初は恐ろしかった。恐怖のせいで不必要なまでに人を斬ったこともある」

返り血を浴びた紘陽の姿を想像し、思わずぞっとして視線をあげる。紘陽もその時のことを思い出したように、苦しげに眉根を寄せていた。

「だが、実戦を重ねれば重ねるほど戦略に長けて、敵を圧倒できるようになった。相手に戦意を喪失させ、屈服させれば無駄に敵兵を殺す必要もない。兵法を学び、実践することで徐々に恐怖心は麻痺し、今では馬で戦場を駆ける時には高揚感すら感じる」

冗談めかして笑った彼はふと表情を翳《かげ》らせた。

「だが、今度ばかりは戦地へ赴くことが恐ろしい」

「なぜ？」

「今までは失うものがなかったからだろう。今は、自分が死んでお前をこの皇宮にひとり置き去りにしてしまうと思うとぞっとする。そして、お前に会えなくなることが一番の恐怖だ」

「コウ……」

カディナが流した涙を、紘陽の唇がそっと拭った。

「だが、これからの戦には意味がある。私が皇帝になったら、そなたの父と兄をカナールに戻し、復位させるつもりだ」

「え？」

カディナは思わず睫毛を跳ね上げていた。

「首長と嫡男の第一王子は他の家族と一緒に流刑地に匿っている。だが、私の一存でそうしたことが露呈すれば今の私の立場は危うくなる。皇后が『皇太子が皇帝の意に背いた』と騒ぎ立て、重臣たちも私を擁護しきれず、廃位されるだろう」

紘陽はこれまで幾度となく、信じよ、と言った。なんとなく彼が自分を裏切ってはいないような気はしていた。そして今、それが確信に変わった。

「コウ、お前はやはり、昔と変わっていなかったのだな。泣き虫だったあのころと」

「もう黙って。昔の話をされると、お前に打ちのめされた過去を思い出して気持ちが萎える」

そう言った紘陽の唇がカディナの唇をふさぐ。

遠く離れていながら、想い合ってきたふたりは、長い時を経てようやくひとつになった。

3.

涙美は寝殿の濡れ縁にひとりでたたずんでいる余暉の姿を見つけた。

「やっと王女様は幸せになられた」

紘陽のことには触れず、それだけ言って、余暉の隣に腰を下ろす。

「そうだな」

と呟くように言った余暉の横顔が微かに緩む。そして、魔除けの石を買いにいった町の食堂でした話をくりかえした。

「私はこれまで身内以外の者には興味がなかった、女性にも男性にも。ただひとり、紘陽を除いては。それに気づいた時、血の繋がらない者も愛せる自分を知って安堵した」

夜空を見上げた彼は、どこか晴れやかな表情になる。

泯美も今の心境を吐露した。

「私はもう、親兄弟の顔もよく思い出せないんだ。商家に売られてからは……今思えば、人として扱われたことがなかったような気がする。家事や雑用をうまくこなす家畜みたいな存在と思われていたような。けれど、カディナ王女は私を身内のように大事になさる。その御恩に報いたい。それ以外に望みはない」

「王女の顔読みはあたる。だから、目をかけた者にはとことん尽くす。身分に関係なく」

「あんたも王女様に助けられたの？　でも、王女様より先に入宮していたでしょ？　あんたも宮中で、入内してきた王女様に助けられたんでしょ？」

泯美がこれまで不思議に思っていたふたりの関係について尋ねると、余暉はあいまいに笑って、はぐらかすように別のことを言った。

「紘陽はどうしても明日、征かなければならないのかな」

紘陽のことを諦めたように見える余暉だが、まだ想いを断ち切れないのか、切なそうな口調だ。

「それは……私たちにはどうすることもできないことよ」

泯美はなぐさめるように言ったが、空を仰ぐ余暉の表情は晴れない。

「夕べからずっと、北の空に凶星が出ているんだ」

「凶星？」

彼が指さす先を見ると、これまで泯美が見たことのない赤い星が見える。

「よくないことが起きる予兆なの？」

「あの星を過去に一度だけ見たことがある」

星を見つめたままそう話す余暉の暗い瞳を見て、何が起きたのかは聞いてはいけないような気がした。簫蘭の兵がカナールに攻め込んでくる前に見たのかも知れないと思って。

泯美はただ、カディナの想い人が戦場から無事に帰ることを祈るしかなかった。


翌朝、紘陽が出征した。

玄玲帝が病床に臥せているため、出陣式では皇后が正殿の前に立って閲兵した。その顔はどこか冷ややかだ。

「必ずやこの戦に勝利し、我が領土を取り戻してみせる！」

紘陽の誓いに、兵が「おー！」と拳を空に突き上げる。

こうして彼は馬に乗り、一万の兵を率いて皇宮を出た。

それを城門の上から見届けたカディナは、泯美と明玉に、

「では、私たちは私たちの戦をはじめましょう」

た。

と微笑む。

カディナのそのどこかわくわくしているような顔を見ると、不思議と恐怖心が薄れた。


雲水殿にもどったカディナは三人の腹心に役割を与えた。

「明玉はこの寝殿に残って、その石を守っておくれ」

それは泯美と余暉が町で買ってきた砂漠に咲く花のような形をした石だ。

「その石がこの寝殿を邪悪な者から守り、お前自身をも守ってくれる。ここに悪霊を入れてはならない」

「はい、王女様」

うなずく明玉の表情が引き締まった。

「余暉と泯美は夜半になったら、私と一緒にアレを捕まえに行くゆえ、今のうちに眠っておくように」

「は？　アレ？　とは？」

聞き返す泯美に、カディナは意味ありげな笑みを返し、「行けばわかる」とだけ言った。

その日の夜半、カディナは明玉に泯美と余暉を伴い、こっそり皇宮を抜け出した。

城門の抜け穴から這い出て皇宮の裏手に広がる深い山へわけいる。

「まだ、登るのですか？」

泯美が音をあげそうになった時、余暉が「もう少しだ」とあたかも目的地を知っているような口ぶりで言って、泯美の手を引いてくれた。

小高い丘にある奇岩の上に到着した時にはもう、東の空が微かに白みはじめていた。

余暉が背負っていた風呂敷包みを開いて、中から何か取り出した。

自分は小さな筒状のものを手にし、泯美には大きな麻袋を持たせる。

何をしようとしているのか、さっぱりわからない。

余暉が手に持っているものは、細くて短い竹のひと節に穴を開けた小笛の形状をしたものだ。

その笛みたいなものに余暉が唇をあて息を吹き込んでいる。が、何の音も聞こえない。

「うんともすんとも言わないじゃないの。下手なの？」

泯美が聞くと、余暉はむっとした顔で言い返した。

「人間の耳には聞こえない音が出ているのだ」

それは一種類の生き物にしか聞こえない音だと、カディナが補足する。

——世の中にはそんな笛があるのか……。

首をひねっている泯美にカディナは更に説明した。

「カナールではラクダとか犬とか、家畜が逃げ出すと、それぞれの生き物の耳の波長に合う笛を吹き鳴らして呼びもどすのだ」

それを聞いて嫌な予感がした。

「こ、こんな時間にこんな暗い森の中で、一体、どんな生き物を呼び出そうとしているのですか？」

とその時、化け物が現れるのではないかと恐れおののく泯美のすぐ近くで、バサッという羽音が聞こえた。

「カァー。カァー」

突然、近くで聞こえた、闇を裂くような鳴き声に、泯美は「きゃあ！」と悲鳴をあげた。耳を押さえたまま恐る恐る目をあげると、黒くて大きな鳥が飛んでいる。

「カ、カラス……？」

漆黒の闇の中から現れた、禍々《まがまが》しいほど大きくて黒いカラスは、その大きな瞳をギョロリと光らせ、余暉がさし出した腕に舞い降りる。

間髪を容れず、カディナが泯美に抱えさせていた麻袋を素早くうばい、カラスにかぶせた。

ばさばさ、ばさばさ、と麻袋の中で巨大なカラスが暴れている。

農村にいたころ、長老が『カラスが鳴くと人が死ぬ。だが、身内にはその声が届かない』と言っているのを聞いたことがあった。カラスは死神の化身だと。

「嘘……。こんな不吉な鳥を捕まえるために、こんな所まで来たのですか？」

「齢百歳をこえる大鴉《おおがらす》は霊力を持つと言われている。禍々しいものを片付けるには禍々しいものを対峙させるほかない」

怯える泯美に、カディナは事もなげに笑う。が、すぐに笑顔を消し去り、つづけた。

「蟲術を使っている者は、紘陽が出征している間に、玄玲帝を葬り去るつもりだろう。このカラスにそれを阻んでもらうのだ。時間の猶予はない」

そう説明されても、泯美の中にはまだ疑問が残っていた。

「どうしてこのカラスが百歳を超えているとわかるのですか？　大きいだけのただのカラスかも」

「いや、ただのカラスではない。たくさんのカラスが棲むこの森で、たった一羽、妖笛に反応して飛んできたカラスだ」

「妖笛……」

余暉が吹いていたのは犬笛のようなものとも違う、妖《あやかし》を呼び寄せる笛だったようだ。ますます背中が冷えた。

「ただ、このカラスに蟲術を阻止するだけの力があるかどうかは、やってみなければわからない」

そう言いながらも、カディナには勝算があるのか、その瞳には自信がみなぎっているように見えた。


山から下りる時、隣の山にいくつもの松明がともっているのを見た。

「あれは……」

余暉がすぐに反応し、「様子を見てきます」とふたりの側を離れる。

泯美とカディナは林の開けた場所で火をおこし、暖をとった。春とはいえ、夜は冷える。

「王女様。皇太子殿下が戦地に赴かれ、ご心配でしょう？」

泯美が持参した水筒を手渡しながらたずねた。

「大丈夫だ。紘陽は必ず帰ってくる。私をおいて死んだりはせぬ」

それは確信に満ちた言い方だった。そして、水筒に口をつけたあと、小さく笑った。

「それに、最近、私の人相が変わってきたのだ」

「え？　王女様のお顔が？」

たしかに、以前よりも優しい顔になったような気はしていた。ただ、それは紘陽に恋をしている乙女のような表情をすることが多くなったせいだと思っていた。

「最近の私の顔は、お前のように少し目じりがさがり、人中《じんちゅう》が広くなった。心境のせいや年齢のせいもあるのであろう」

「ええ!?　そんな……。私のように不細工な者に似てしまっては大変です。寝殿に戻ったら、すぐに鍼師を呼びます！」

おろおろし、元の顔に戻そうとする涙美に、カディナは軽く笑ってつづけた。

「よいのだ。これは国母の顔だから」

「国母？　つまり皇后になる人相という意味ですか？」

「うむ。だが、これまでの私は皇帝となる紘陽を支えられるような人相をしていなかったのだ。それが皇太子妃を遠慮した理由のひとつでもある」

涙美はカディナが皇太子妃になることを断った理由を、ただ紘陽に裏切られたと思っていたからだと想像していた。

「そうなのですね！　それなら、どんどん私の人相に近づいてください」

「いや、目じりと人中だけでよい」

カディナがきっぱりと言う。

「そうですか……」

驚いたり笑ったりしょんぼりしたりしているうちに余暉が偵察から戻ってきた。

いる。

「山中に貞郁がいました」

「え？　王子がこんな時間、こんな山奥に？」

泯美が余暉に竹筒の水をさし出しながら聞き返した。

「隣の山に見えた松明の正体は皇后と手を組んだ李将軍の軍だった」

そして軍の中心に貞郁がいて、兵士たちを鼓舞していたという。

勇猛さで名をはせていた李将軍の娘である李菊麗は、不貞を働いたという罪をかぶって自死した。一方で、皇后の計らいで一族は罪に問われることなく、厚遇されている。

「この局面で皇后が玉座をうばいとる決意をしたのだな」

カディナが焚火の炎に手をかざしながら呟いた。いつかこんな日がくることを想定していたような言い方だ。

玄玲帝の命は風前の灯。そして、皇太子は遠征して皇宮にいない。

「やはり、蟲術を使って猫鬼を操っているのは皇后にちがいない。呪術で現皇帝を殺して皇宮を占拠し、王位継承権第一位の座にいる紘陽が北域から凱旋するのを待ちかまえて謀反をおこして殺す気だ」

炎を見つめているカディナの瞳に怒りが見える。

「いかがしましょうか？」

指示をあおぐ余暉にカディナが命じた。

「この謀反の件を紘陽に伝えよ。すぐに簫京の近くまで引き返せと」

「はっ」

余暉が走り去った後、カディナは水筒の水で焚火の炎を消した。

「私たちも動くぞ」

目に強い光を宿したカディナが立ち上がった。


寝殿にもどったカディナはカラスの足に鎖をつけ、水を与え、干し肉を食べさせた。

籠の中に入れられて騒いでいたカラスだったが、カディナには不思議と従順だった。飼いならすかのように。

「王女様！　大変です！」

明玉がばたばたと広間に飛び込んできても、カラスはそちらを一瞥しただけで何も聞こえないかのように肉をついばんでいる。

「こ、皇太子殿下が……。紘陽様が……」

明玉は水面に顔を出す鯉のように口をぱくぱくさせている。こんなに慌てる彼女を見るのは初めてだった。

「紘陽様が北境で討ち死にされたという報せが届いたそうです」

「え!? そんな……」

実感が湧かないのに、泯美の目から涙がこぼれた。カディナの気持ちを考えると胸が裂かれるように痛む。

だが、カディナは眉ひとつ動かさず、

「では、今夜あたり、皇后と貞郁が動くな」

とだけ言って、椅子から立った。平然として。

「王女様……?」

泯美と明玉は顔を見合わせる。衝撃のあまり王女がおかしくなってしまったのではないか、と。

その日の夕方、余暉がもどってきたのは救いだった。ただ、貞郁の謀反を伝えに行った彼は宦官の姿ではなく、護衛官が戦に出る時の鎧を着ていた。馬にのり、兵士の軍営に行くにはその恰好の方が好都合だったのかも知れない。だが、その姿はいつになく凜々しく、本物の護衛官なのではないかと見惚れるほどだった。

聞けば、紘陽の戦死の報を皇宮にもたらしたのは余暉だという。

「余暉……。一体、どうすればいいの? 王女様がおかしいの。まだ紘陽様が生きていると信じておられるようで……」

泯美がそれだけ伝えると、余暉は黙ってうなずいてからカディナの寝所に入っていく。そのままふたりは長い時間、話し込んでいる様子だった。

夜になると、家臣たちの多くが皇后に取り入ろうと画策をはじめているという噂が雲水殿にまで聞こえてきた。

玄玲帝の意識がもどらず、皇太子も死んだという状況を鑑みれば、今、皇宮で最も大きな権力を持っているのは皇后だ。好印象を与えておきたい気持ちはわからないでもない。

――それにしても、節操のない大臣が多すぎる。

この状況で貞郁の兵が皇宮を占拠してしまったら、簫蘭は皇后の思うがままにされてしまうだろう。

泯美が絶望的な気持ちになった時、ふたたび歓富殿を探りに行った明玉が戻ってきた。

「カディナ様。皇后が寝殿を出ました。側仕えには『經堂《きょうどう》に行く』と伝えてひとりで出ていったそうです」

「皇后はいよいよ皇帝を殺す気だな。誰にも邪魔されぬ經堂でこれまで以上に強い呪詛を行うつもりなのだろう」

ひとりごとのように呟いたカディナが泯美を振り返り、「カラスを持て」と命じる。

「こ、こちらに」

恐る恐る泯美がさし出した籠にカディナが絹の布をかける。

「私は何をすれば？」

寝殿を出ていこうとするカディナに明玉がたずねる。

「そなたはここで私のふりをしておれ。皇后の手下が皇帝や皇太子側の皇族たちを軟禁しに来るやもしれぬ。私が留守だとばれれば追っ手を放たれる。時間をかせいでおくれ」

命じられた明玉はカディナの衣に着替え、緊張した面持ちで寝所に入った。そこには魔除けの石もある。

「余暉。明玉を守っておくれ」

「御意」

それぞれに役割を与え、カディナは居所を出た。

4.

カディナは泯美だけを連れて、玄玲帝の寝所である隆聖殿《りゅうせいでん》に向かった。

途中、立派な輿とすれ違った。その輿の横には顧琉璃の側仕えの宮女が付き添っている。

――あの輿の中にいるのはきっと皇后の姪。こんな夜中にどこへ行くのだろう。

不思議に思った時、ふっと生ぬるい空気が流れ、背筋に冷たいものを感じた氾美は自分の二の腕あたりを撫でた。

前を歩いていたカディナの足が止まる。見ると、目の前に隆聖殿の門があった。

不思議なことに門兵はひとりもいない。

――こんなに手薄で大丈夫なの？

しかし、寝殿の中には多くの人がいた。

皇帝の寝台の周囲には典医に祈禱師《きとうし》、僧侶たちもいる。

ふと、玄玲帝の枕元を見た氾美は思わず声を漏らした。

「あ……」

そこには青白い猫が静かに鎮座しているのが見える。だが、玄玲帝の寝台近くで跪いている者たちには見えていないのか、追い払う者はいない。

氾美と同じ方向をじっと見ているカディナが声を潜めて氾美に囁いた。

「今ごろ皇后は經堂にこもり、玄玲帝を呪詛することであの猫鬼に力を与えている。跡継ぎがいなくなった今日こそ、玄玲帝の命をうばい、謀反を起こして重臣たちを制圧し、貞郁に帝位を継がせようという魂胆だろう」

カディナが紘陽の死を淡々と語るのを、涙美は不思議な気持ちで見ていた。皇太子を心から慕っているように見えたのに、と。

カディナが玄玲帝の寝台の側に立っている太監に近寄った。

「少しの間、どうか人払いを」

カディナの迫力に圧されるかのように、太監がそこにいる全員をさがらせ、自らもその部屋を出ていった。

簫蘭の王の周りに誰もいなくなった。不気味な白猫をのぞいて。

カディナは猫を見据えたまま玄玲帝の寝台の足許に近づいていく。

枕元の猫鬼の正面に立ち、

「涙美。籠の布をとるのだ」

と言った。カディナに命じられるがまま、カラスが入った籠を覆う布をとると、カラスは妖気を感じたのかカアカア！　と大きな鳴き声をあげ、騒ぎはじめた。

それを見た白猫も背中の毛を逆立てて唸り声をあげる。

カディナが少ししゃがむようにして、鳥籠の戸を開けた。

バサバサバサバサ！

大カラスの羽が風を切り、白猫に向かって低く飛行する。

「カアアアア！」

カラスの鋭い爪をかわした白猫の口がぎゅっと左右に裂け、目が赤く光る。

——これが猫鬼……。

カラスはくちばしと爪で攻撃し、猫鬼も爪と牙で応戦する。

——カラスよ、負けないで！

涙美は指を組んで心の中で祈りつづけ、一羽と一匹の戦いを固唾を呑んで見守る。

カディナは腕組みをして怖いほど真剣な目でこの戦いを見ている。

こうして、猫鬼と大鴉の死闘は半時ほどつづいた。

やがて、カラスは劣勢となり、最後は「クアー……」と弱々しく鳴いて力尽きた。

床に落ち、広げた羽をピクピクと震わせたあと、動かなくなった。

猫鬼の方も血まみれになりながらヨロヨロと玄玲帝の寝台から降りる。

「え？　カラスが負けたの？」

涙美は愕然として、寝所を出ていく猫鬼の後ろ姿を見送った。

「負けはしたが、呪いの成就を阻止した」

そのカディナの言葉が真実であることは、玄玲帝の頬に血色が戻りつつあるのを見ればわかる。

「このカラスは手厚く葬ってやらねば」

カディナが床に落ちているカラスの亡骸を絹の布にくるみ、泯美の持っている籠にもどした。

白猫のあとを追って玄玲帝の寝所を出たカディナは、そこに待機している太監に言った。

「太監殿、僧たちをもどして祈りを続けさせてください」

そのあと、カディナは猫の残した血の足痕を追いはじめた。泯美もカラスの亡骸が入った籠をさげたまま、カディナについていく。

「やはりな」

カディナが立ち止まったところは、皇后が向かったという經堂の前だった。

猫の赤い足跡は堂の中へと続いている。

敷地に入って少し歩くと、經堂に続く扉の前に血だらけの白猫が腰を下ろし、なぁー、なぁー、と悲しげに鳴いている。

もう、扉を通りぬける霊力すら残っていないようだ。

その様子を見たカディナはにんまりと笑い、「ほら、お前を操っている者の側へお行き」と言って、扉を押してやる。

ふつうの猫の姿にもどっている猫鬼が敷居をまたぎ、經堂の中へと入っていった。

猫のあとからカディナと泯美も經堂に入る。

堂内には沢山の蠟燭がともされていた。その中央で皇后が熱心に祈りながら、手元で何かゴソゴソやっている。

よくよく見ると、人の形に切り抜いた板に釘を打ちつけているのだとわかった。その板には玄玲帝の名前が書いてあるのだろう。

カディナが静かに聞いた。

「可愛い貞郁を皇帝の座に据えるため、玄玲帝を呪詛し、皇太子を国境の手前で待ち伏せして討とうとしたのか？」

口調は穏やかだったが、押し殺した怒りが含まれているのがわかる。

カディナの声にハッと顔をあげた皇后が、

「お前がなぜ……」

と、大きく見開かれた目でこちらを見る。

その顔を見て、カディナは低く笑った。

「ふふふ。以前にもまして凶悪な相になっておるな」

皇后の顔を一瞥したカディナが嘲笑するように呟く。

「無礼な！　神聖な祈りの場であるぞ！」

髪を振り乱して怒鳴る皇后の顔は鬼女のようだ。その迫力に泯美は思わずあとずさった。だが、カディナは全く動じる様子がない。

「なにが神聖な祈りの場だ。聞いて呆れる」

噴き出すように笑うカディナに、皇后は更に激高した。

「おのれ、私を愚弄しに来たのか!?」

「私はただ、皇后陛下に呪詛を返しに来たのだ」

「何!?」

膝立ちになった皇后は、カディナの横に立っている傷だらけの猫を見た。その瞬間、初めて畏怖の表情を見せる。

「しゃーっ！」

猫鬼が毛を逆立てて威嚇する。自分を呪いの塊にした皇后に。

「しっ、しっ。役立たずの猫め。あっちへ行け！」

手で追い払おうとする皇后に、青白い猫鬼の姿になった猫がとびかかり、皇后の体が青白い炎に包まれた。

「ぎゃ――――ッ！」

悲鳴をあげ、膝から崩れ落ちた皇后はくやしげな表情を浮かべてバタリと床に倒れ、動かなくなった。

「それにしても……。さきほど皇后は私を見てなぜあんなに驚いたのだろうか」

カディナが首をかしげた。ついさっき王女を見た時の皇后の顔を、泯美は前にも見たことがあるような気がする。死んだと思い込んでいた涙美を見た時の明玉の表情に酷似していた。

「王女様が生きているのを訝るような顔でした……」

その呟きを聞いた瞬間、カディナが「あ」と小さく声をあげた。

「まさか……」

不安そうな表情を浮かべたカディナは、「涙美！　戻るぞ！」と声をかけて、来た道を走って引き返しはじめた。

「こ、これは……」

雲水殿にもどる途中、東宮へ続く道が既に反乱軍に取り囲まれているのを見て、涙美は愕然とした。

「貞郁の軍か……。思ったより早く行動を起こしたな」

足を止めたカディナがひとりごとのように言う。まだ、玄玲帝の死を告げる鐘はきいていない。それでも、父親の命がそう長くないと判断して、訃報が届く前に兵を動かしたのだろう。謀反を止める力のある紘陽が死んだという報せが大きく影響しているような気がした。

「お助けください！　きゃああ！」

不意に飛び出してきた宮女が、兵によって背後から袈裟懸けに斬り捨てられた。

東宮近くに点在する寝殿に兵が踏み込み、逃げ惑う宮女や妃嬪たちが飛び出してくる。彼女たちはことごとく、兵士たちの刃の露と消えていった。

「皇后は皇太子妃たちも皆、亡き者にしようとしていたのか……」

彼女たちの後ろには財力や政治力のある姻戚がついているのだから、当然といえば当然かもしれない。

ふと、泯美は隆聖殿に向かう途中にすれ違った顧琉璃の輿を思い出した。

「皇后は自分の姪だけ、謀反に先んじて逃がしたようです」

その言葉を聞いたカディナは「余暉と明玉が危ない。こちらへ」と泯美の手首をつかみ、裏道を走って雲水殿の方角へと向かった。

「明玉！　余暉……！」

カディナが叫びながら、雲水殿に飛び込んだ。奥にある寝所の方へと向かう。その廊下は兵であふれていた。

「王女だ！　ここにいたぞ！」

皇太子妃候補の地位にかかわらず、全て抹殺するよう皇后から指示されているのだろう。カディナの姿を見た兵がこちらへ向かってきた。

「王女様、逃げましょう」

泯美がカディナの袖をひいた。

が、敵兵に気づかれたと見るやカディナは、倒れている兵士の手から刀をうばった。

その顔には戦意がみなぎっている。

カディナは鋭い刀さばきで次々と兵士を倒し、少しずつ寝所へと近づいていった。

泯美は何もできないまま、カディナのあとを追いかける。

「余暉！」

寝所の前で大勢の兵を相手に刀を振るっている余暉が見えた。

その袖には血が滲んでいる。たったひとりで、寝所の中でカディナになりすましている明玉を守っているのだろう。

「カディナ！　泯美！　来るな！　逃げよ！」

ふたりの姿を見た余暉が叫んだ。気をとられたせいで隙ができた余暉に兵が斬りかかる。

「余暉！　危ない！」

カディナの背後にいた泯美は、余暉をかばおうとして、反射的に飛び出していた。

「泯美！　来るな！」

余暉をかばおうとした泯美を、咄嗟に自分の体の後ろにやった余暉が肩から胸にかけて斬られた。

「嘘……」

目の前にあった余暉の背中がずるずると崩れ落ちる。

「余暉……！　余暉……！」

倒れた余暉の体を揺すって叫ぶ泯美にも、カディナの方にも兵が迫ってくる。

——王女様を守らなければ……。

そう思っているのに、目の前で余暉が斬られた衝撃で体が動かない。兵士がカディナの上に刀を振りかざしているというのに。

——王女様、役立たずでごめんなさい。生まれ変わったら、きっと最後まで王女様をお守りします。だから、ここで余暉と一緒に斃《たお》れる私を許してください。

震えながら心の中で許しを請うた時、聞いたことのある声がした。

「カディナ！」

紘陽の声だ。皇太子が引き連れて出征した兵たちが乱入してきた。

「カディナ！」

叫びながら、貞郁の兵をかきわけて入ってきたのは紘陽だ。

「皇太子……殿下……？」

泯美は北境で討ち死にしたと聞いた紘陽が生きていたことに啞然とした。

彼は真っ先にカディナを救い、彼女の体を抱えるようにして泯美の方に歩いてくる。

カディナは血を流して倒れている余暉に走り寄った。

「カリム！　死んではならん！」

余暉に駆け寄ったカディナの口から出た言葉に、泯美は混乱した。

――以前にも、皇太子がカリムという名前で余暉を呼ぶのを聞いたことがある。余暉の本当の名前はカリムというのだろうか。

泯美の当惑をよそに、カディナは余暉をカリムと呼び、その体を揺する。

「カリム！　こんなところで死んでどうするのだ！　お前は間もなくカナールの王子に戻る身なのだぞ！」

それを聞いた泯美はようやくカリムが佳南の王子であり、カディナの弟であることに気づいた。皇宮では親族といえども男が妃嬪の近くで仕えることはできない。輿入れに伴ってきた護衛たちも寝殿に入ることは許されなかった。だが、王子であるカリムは姉である王女を近くで守るために宦官に成りすましていたのだ。

それから半刻もしない内に、雲水殿の中にいた貞郁の反乱軍は紘陽が従える兵たちによって打ち払われた。

寝所からはカディナの衣を着た明玉が無傷で出てきた。それでも、恐ろしかったのだろう。魔除けの石を抱えている彼女は真っ青で、今にも倒れそうな様子だった。

カリムは紘陽が呼んだ侍医によって傷口を縫われ、痛みを抑える薬湯を飲まされて眠っている。

「殿下が……どうして……」

死んだと聞いていた皇太子の姿を目の当たりにして動揺している泯美に、カディナが答えた。

「カラスを捕まえに行ったとき、貞郁が兵を集めているのを見て、ぴんと来たのだ。貞郁が兵を集めているということは、玄玲帝が回復せず、紘陽が帰ってこないことを、つまりふたりの死を確信しているのだと」

そんな状況で謀反を起こせば、誰も歯向かうことなく、簫京を制圧できたはずだ。実際、大臣たちの気持ちは右往左往していた。

「そこで一計を案じたのだ」

「一計？」

首をかしげる泯美に、カディナが詳しく話してきかせた。

「余暉……いや、もうカリムでよいな。カリムに貞郁の謀反を知らせるため、紘陽の許に走らせた時、皇后の刺客が待ち構えているであろう国境に到着する前に進軍を止めさせた。そして、紘陽が討ち死にしたという噂を流させたのだ」

報せをうけた紘陽と親衛軍は引き返し、貞郁の兵がいた山中近くに身を隠して、貞郁が行動するのを待っていたのだ、という。

「私と紘陽は、皇后と貞郁が行動を起こすのを待っていたのだ」

実は、昔、幼かった紘陽の命を狙ったのは皇后だったことを、泯美はその時初めて知った。

5.

泯美の手厚い看護の甲斐もあって、カリムは徐々に回復した。

ようやく歩けるようになったカリムを泯美が支え、ふたりは庭のつつじを見ている。

その様子をカディナは寝殿の濡れ縁に座って眺めていた。

カディナはふたりが紘陽に心を寄せていることに薄々気づいており、心を痛めていた。

「余暉。まだ、紘陽殿下のことが好きなの？」

泯美はまだカリムと呼びなれておらず、いまだに余暉と呼んでいる。

「え？　何の話だ？」

カリムは本当に泯美の言っていることの意味がわからないといった様子だ。

確かに、彼は負傷する前の記憶がところどころあいまいだ、と言っている。

だが、それは偽りだとカディナは思っていた。

カリムは貞郁の謀反を報せに行った時、そこに残って紘陽とともに戦おうとした。だが、紘陽はカリムに『カディナの側に戻って守りぬいてくれ』と命じたという。その時、カリムがとても落胆した様子を見せた、と紘陽の口から聞かされた。

――カリムは紘陽を守って死のうと思ったのだろう。そうすれば、自分は恋心とともに散ることができ、紘陽にとって生涯忘れられない存在になれるから。

長く一緒に過ごしてきた弟が考えることは、カディナには手にとるようにわかった。だが、その恋心は紘陽の命によって打ち砕かれた。自分のためにではなく、カディナのために死ね、という意味を含んだ言葉で。

ようやくカリムは報われない想いを諦めたのだろう。だから、紘陽への恋慕をなかったことにしたいのだ。

「私も全部忘れたわ」

暖かい日差しを浴びている花をなでながら泯美も微笑む。

もしかしたら、泯美とカリムが結ばれる日がくるかも知れない。なぜなら、彼らは互いを理解し、補い合える相をしているからだ。

そんな気持ちでふたりを見守っているカディナの口許が自然とほころんだ。

それからひと月ほどして、玄玲帝は回復し、立ち上がれるまでになった。そして、貞郁の乱の時にも皇后になびかなかった紘陽派の大臣から、皇后の裏切りを知らされた。

怒り狂った玄玲帝は呪詛返しにより瀕死の状態だった皇后を庶民に落として皇宮から追い出し、謀反の罪で投獄されていた貞郁を流刑に処した。

死罪にならなかったのは、紘陽の恩情による進言のためだった。

皇后にそそのかされていた玄玲帝は、これまで多くの国を攻め滅ぼしてきたが、王命により、それらの国々の国王や首長を流刑地から戻した。その中にはカナールの首長であり、カディナの父親であるガンダールや兄、他の姻戚も含まれていた。

その勅命が発布された日に、紘陽は改めて雲水殿を訪れた。

「カディナ。そなたを正式に皇太子妃として迎えたい」

その申し出に笑顔で深くうなずいたあと、カディナが口を開いた。

「私からも頼みがある」

カディナは紘陽に「カリムをカナールへ帰したい。泯美と一緒に」と頼んだ。

本来、宮女は一度入内すると、二度と他国へ行くことはできない。カリムに至っては宦官と偽って皇宮に入ったことは死罪に値する。

だが、紘陽は「そんなことか」と鷹揚に笑う。

「わかった。私たちの婚礼が終わったら、兵をつけてカナールに送らせよう。ふたりには私たちを祝福してから去ってほしい」

もう紘陽に異を唱える者はいない。


だが、紘陽とカディナの婚礼は、皇太子と皇太子妃のそれではなく、皇帝と皇后としての儀式になった。

皇后の呪詛のため、体調が芳しくない玄玲帝は執務が難しくなったために、紘陽に帝位を譲ったのだ。

数千の家臣がひれ伏す正殿の前に立ち、ふたりは祝福を受けた。

「皇帝陛下、万歳、万歳、万々歳！　皇后陛下、千歳、千歳、千々歳！」

皆が大きな声で唱和する中、ふたりは笑顔で家臣たちの祝意に応えながら言葉を交わしていた。

「ようやくそなたを皇后に迎えることができた」

紘陽が満足そうに言う。

「私は皇后でも、何番目の妃でもかまわぬ」

「本気で言っておるのか？」

驚く紘陽に、カディナは「ただし」と言葉を繋ぐ。

「ただし、コウが他のおなごの許にいったその時には、ともどもに殺す」

紘陽はぎょっとした顔になったあと、苦笑しながらカディナの手を握った。

ふたりの間でそんな会話が交わされていることなど知る由もない家臣たちが、ふたりの長寿を願い、唱和する声が響く。

「皇帝陛下、万歳、万歳、万々歳！　皇后陛下、千歳、千歳、千々歳！」

その中には、この華々しい婚礼を見届けたあと、砂漠の国へ旅立つことになっているカリムと涙美の幸せそうな姿もあった。

了

あとがき

このたびは本作を手にとっていただき、本当にありがとうございます。まずは御礼申し上げます。

さて、私が皇宮ドラマ（後宮ドラマ含む）に目覚めましたのは、コロナ禍での在宅勤務がはじまって以降のことでした。リビングで昼食をとりながら、これまではあまり見ることがなかった平日の昼間、テレビを眺めておりましたところ、様々な韓流・華流ドラマの予告が流れて参りました。生来のドラマ好きで色々なジャンルのドラマを見てきた私ですが、日本のドラマとはちょっと違う空気感があり、試しに数本、録画してみました。最初は興味本位だったのですが、その面白さにハマり、気がつけば一日に五本以上のドラマを録画して終業後に倍速で見るという生活を送っています。

この出来事を担当編集さんに笑い話として面白おかしくお話ししましたところ、浅海さんの描く皇宮モノを読んでみたいです、と言っていただき、このような物語を書く機会に恵まれました。たしかその話をした時にはアルコールは入っていなかったと思います。

そして、プロットも完成し、5年近く皇宮ドラマを見てきたのだからイメトレは完壁、とばかりにいざ執筆に入ったのですが、たびたび筆が止まりました。というのも、韓流・華流ドラマでおなじみの生活用品や装飾品の画像は頭に浮かぶのですが、日本にはないものが多々あり、名称がわからずちょこちょこ調べる羽目になったのです。妃嬪が指先を覆っているあの筒の名前は何？　塗りの桶を数段重ねて持ち手がついているあの器は何ていうの？　という具合に。

思わぬところで苦労しながらの執筆でしたが、マツオヒロミ先生の唯一無二のイラストに励まされ、町田そのこ先生からは勿体ないほどのご推薦文をいただき、ご褒美をいただいたような気持ちです。

そして、いつか、カディナと紘陽、泯美とカリムのその後についても描く機会があれば、と願っております。

末筆ながら、本作が読者様に届くまでの工程に携わってくださったすべての皆様に感謝申し上げます。

浅海ユウ　拝

本書はフィクションであり、実在の人物および団体とは関係がありません。

後宮《こうきゅう》の悪妃《あくひ》と呼《よ》ばれた女《おんな》

浅海《あさみ》ユウ

2025年4月5日初版発行

発行者……加藤裕樹
発行所……株式会社ポプラ社
〒141-8210 東京都品川区西五反田3-5-8
JR目黒MARCビル12階

フォーマットデザイン 荻窪裕司（design clopper）
組版・校閲 株式会社鷗来堂
印刷・製本 中央精版印刷株式会社

ポプラ文庫ピュアフル

ホームページ www.poplar.co.jp

N.D.C.913/250p/15cm
ISBN978-4-591-18589-6
P8111401

鬼霊を視る娘が後宮に秘められた謎を解く！
あやかし×中華風後宮ファンタジー。

霜月りつ

『百華後宮鬼譚
目立たず騒がず愛されず、下働きの娘は後宮の図書宮を目指す』

装画：しのとうこ

生まれつき鬼霊を視る才を持つ本好きな甜花は、元博物官でたくさんの蔵書を持つ祖父の死を看取った際、この書物を後宮の図書宮に入れたいと熱望する。そして自分はそこで働く書仕になりたい、と。そのため後宮に下働きとして潜り込むが、なぜか陽湖妃の付き人に任命され、トラブルに巻き込まれて――。やがて皇帝もまた鬼霊を視ていると気づいた矢先、後宮を巻き込む大事件が！　謎解き×あやかし、中華風後宮ファンタジー開幕。

京都が舞台の、記憶を取り戻そうとする少女が愛を知る、和風あやかしファンタジー！

八谷紬
『京都上賀茂、神隠しの許嫁 かりそめの契り』

装画：春野薫久

幼い頃、神隠しに遭ってその記憶を失った人見紅緒は祇園祭の前、智積院で洋傘を見つけた。瞬間、見知らぬ見目麗しい白髪の男性と出会い、「迎えに来てくれた」と懐かしさを覚える。翌日、傘に導かれ上賀茂神社近くの『古どうぐや　ゆらら』に辿り着き、昨日の彼――あやかしの眞白と再会。だが、突如、結婚準備を始められそうになり、過去に婚約したと告げられて……？

二人の龍神様にはさまれて……!?
あやかし契約結婚物語

佐々木禎子

『あやかし温泉郷
龍神様のお嫁さん…のはずですが!?』

装画：スオウ

札幌の私立高校に通う宍戸琴音は、ある日学校の帰りに怪しいタクシーで「とこよ」のボロい温泉宿につれていかれる。そこには優しく儚げな龍神ハクと、強面で高圧的な龍神クズがいた。病弱な親友ハクの嫁になって助けるように、とクズに命じられた琴音は、とりあえず宿の仕事を手伝うことに。ところがこの二人、仲が良すぎて、琴音はすっかり壁の花…？　イレギュラー契約結婚ストーリー！

イケメン毒舌陰陽師とキツネ耳中学生のへっぽこほのぼのミステリ!!

天野頌子
『よろず占い処　陰陽屋へようこそ』

装画：toi8

母親にひっぱられて、中学生の沢崎瞬太が訪れたのは、王子稲荷ふもとの商店街に開店したあやしい占いの店「陰陽屋」。店主はホストあがりのイケメンにせ陰陽師。アルバイトでやとわれた瞬太は、実はキツネの耳と尻尾を持つ拾われ妖狐。妙なとりあわせのへっぽこコンビがお客さまのお悩み解決に東奔西走。店をとりまく人情に癒される、ほのぼのミステリ。単行本未収録の番外編「大きな桜の木の下で」を収録。

〈解説・大矢博子〉